Ouverture fragile

DU MÊME AUTEUR

50 Exercices pour survivre aux réunions de famille, Eyrolles, 2012

50 Exercices pour se débarrasser de ses voisins, Eyrolles, 2013

Guillaume Clapeau

Ouverture fragile

Roman

CALMANN LEVY

Couverture
Maquette et illustration : Manon Bucciarelli

ISBN 978-2-7021-8021-1

À Églantine, Brune et Livia.

« Je dois trouver de nouveaux horizons,
mais je finis parfois par tourner en rond. »

Partenaire Particulier

1

HOLE IN MY SOUL

Aerosmith, 1997

4 avril – 23 h 30

— Et si on s'était plantés, Melchior ?

Alors que tu t'attendais à un « Bonne nuit, mon amour » ou un « J'ai encore envie de toi », voilà ce que Marion t'a sorti il y a deux jours au moment de s'endormir. Tu as cru avoir mal entendu. Elle a insisté.

— Je me demande si on n'a pas fait une connerie. Je ne sais plus où j'en suis.

La boule d'angoisse qui monte. Quand une fille te dit ça, c'est qu'elle sait très bien où elle en est, au contraire. Et généralement, toi, tu n'y es pas.

Autant dire que tu n'as pas passé la meilleure nuit de ta vie. Tu as préféré aller dormir sur le canapé, sonné. Tu as gambergé à t'en choper une méningite. Tout ça pour ça ? Vous vous êtes aimés comme jamais tu n'aurais cru cela possible. Vous étiez tous les deux avec vos ex depuis huit ans et vous avez tout quitté l'un pour l'autre, du jour au lendemain. Vous venez de vivre neuf mois de bonheur absolu. Pour toi, vous n'en êtes encore qu'au début. Il vous reste à partager tellement de choses, tellement de moments. Évidemment, il y aurait quelques petits ajustements à prévoir dans votre couple tout neuf, rien de bien insurmontable à ton avis. Mais pas ça ! En une minute, ton monde vient de s'écrouler. La boule d'angoisse ne te lâchera plus pendant des jours, des semaines, des mois. Tu es prostré sur ce canapé que vous venez d'acheter ensemble. Putain, vous venez d'acheter un canapé ensemble et elle te balance ça ? Vous avez fait l'amour la veille en vous susurrant vos prénoms dans le creux de l'oreille et elle largue cette bombe comme si de rien n'était ?

Tu transpires de peur, les battements de ton cœur partent en improvisation totale, ta poitrine pèse une tonne. Peut-être qu'elle ne le pensait pas, en fait ? Peut-être que la question était juste rhétorique ? D'autant que là, Marion dort paisiblement dans la chambre. Tu l'entends ronfler pendant que ton cerveau bouillonne. Ben non, t'es con, évidemment qu'elle ne le pensait pas ! Tu voudrais aller la réveiller pour qu'elle te confirme que tout va bien, mais tu es incapable de bouger, englué dans ce canapé, le seul objet que vous possédiez en commun. Tu voudrais aller la secouer, mais tu sais qu'elle n'aime pas être réveillée. Tu ne vas faire qu'empirer les choses. Alors tu décides d'attendre le matin, en regardant l'heure toutes les cinq minutes sur ton téléphone. Après tout, ce serait bête de la couper dans son sommeil. La nuit porte conseil et tu n'imagines pas la moindre raison pour laquelle Marion voudrait te quitter. Non, elle ne le pensait pas.

6 avril – 15 h 00

Quarante-huit heures plus tard, tu es toujours prostré sur ton canapé. Finalement si, elle le pensait. Au matin, après avoir dormi d'une traite, elle a rempli un sac à dos et elle s'est barrée. Elle est retournée chez son ex sans un dernier regard pour toi. Depuis ton cinquième étage, tu as eu beau l'observer descendre la rue de la Py, rien. Elle ne savait plus où elle en était ? Ah ouais ? Et ton cul, c'est du poulet ? Elle avait dû prévoir son coup, c'est sûr, tu ne te remets pas à la colle avec ton ex sans préavis. Tout se mélange dans ta tête. Tu culpabilises. Tu te dis que tu aurais dû la retenir, que tu aurais pu le voir venir. En même temps, elle te disait encore « Je t'aime » il n'y a pas trois jours. Au lieu de te réfugier sur ce putain de canapé à l'annonce de la nouvelle, tu aurais peut-être dû lui répéter à quel point elle était tout pour toi, lui faire l'amour les yeux dans les yeux à la flamme de bougies parfumées. Mais ta flamme à toi, tu la lui déclarais tous les jours et ça avait plutôt tendance à la saouler. Tu essayes de te dire que tu ne perds pas grand-chose, que pour agir comme ça, c'est vraiment une sale conne. Mais tu n'y arrives pas. Tu l'aimes, Marion. C'est l'amour de ta vie. Ton âme sœur. Alors tu te mets à chialer. Encore.

10 avril – 20 h 00

Tu te sens seul. Pire que seul, isolé. Pas facile, pourtant, quand on bosse en open space dans une salle de rédaction grouillante. Sous le regard de David Bowie, dont la pochette de *Hunky Dory* trône en grand format derrière ton bureau, tu as passé l'après-midi sur WhatsApp à essayer de convaincre tes potes d'aller boire un verre pour pouvoir déverser ton infortune dans leurs oreilles plus ou moins compatissantes. Mais toutes les réponses que tu as reçues ressemblaient à des « *Sorry*, pas possible ces deux prochaines semaines, on pense à toi, bisous ». On aurait dit qu'ils s'étaient donné le mot. *Is there life on Mars*, bordel, les mecs ? Chacun croise sans doute les doigts pour qu'un autre craque et accepte la perspective de passer une soirée à t'écouter gémir sur ton sort misérable, tenir des propos incohérents, mélanger ta détestation et ton amour pour Marion dans une soupe de plus en plus indigeste à mesure que l'heure et les bières défileront. C'est pourtant simple à comprendre : tu aimes Marion mais tu trouves que c'est la dernière des connes de t'avoir quitté. C'est tellement évident que vous êtes faits l'un pour l'autre. Tu lui en veux à mort de ne pas avoir conscience de ça, même si tu es convaincu qu'elle va finir par s'en apercevoir. Du coup, une fois rentré dans ton XXe chéri un peu plus tôt que d'habitude (tu en avais marre des yeux accusateurs de Bowie qui te faisaient culpabiliser d'être scotché sur ton téléphone au lieu de bosser sur ton dossier « Le punk est-il toujours une musique de rebelles ? »), tu as décidé de faire preuve de pédagogie en lui envoyant un message : « Bon, maintenant que t'as pigé que retourner avec l'autre fils de pute était une idée de merde, tu reviens ? »

La certitude que Marion va revenir résonne tellement fort en toi que tu ne comprends pas pourquoi elle n'est pas partagée par tout le monde. Tu ne trouves aucun réconfort dans le genre de banalité que Patrick t'a envoyé hier : « Allez, t'inquiète, une de perdue, dix de retrouvées ! » Tu as envie de hurler à la terre entière ce truc quasi mystique que tu éprouves, tu veux qu'on te dise que tu as raison, qu'on comprend, que oui, c'est sûr, Marion va changer d'avis, que d'ici à une semaine, tout sera redevenu normal, comme si ce cauchemar n'avait jamais eu lieu. Marion et toi en rirez, lovés l'un contre l'autre sur le canapé après avoir baisé comme des lémuriens épileptiques.

Mais non. « Pas possible, on pense à toi, bisous. » Putain. Bande de lâcheurs.

Vibration. Téléphone. Réponse de Marion. L'Univers t'a-t-il entendu ? Est-elle revenue à la raison ? Manifestement non. « Je t'interdis d'insulter l'homme que j'aime. » Elle n'a pas trouvé plus débile, comme message ? « Fils de pute », c'était pas vraiment une insulte, c'était même assez bienveillant par rapport à la haine que tu ressens quand tu penses à sa gueule de con dont tu rêves d'arracher toutes les dents avec un tournevis. L'homme qu'elle aime, c'est toi, de toute façon. Elle va finir par s'en rendre compte. Oui, elle va finir par s'en rendre compte.

13 avril – 10 h 00

Bon, finalement, tout n'est pas si noir, comme se plaisait à le dire Michael Jackson. Ton médecin t'a prescrit du Xanax. Enfin, de l'Alprazolam, son générique. Tu as un peu l'impression que les laboratoires pharmaceutiques vont piocher le nom de leurs médicaments dans le grimoire d'Harry Potter, mais bon. Tu as beau ressentir la pire boule d'angoisse dans ta poitrine au réveil, un comprimé et hop, plus rien, le zen, tu peux vaquer à tes occupations sans l'ombre de Marion planant au-dessus de ta tête (de façon un peu dégagée, certes, pour ne pas dire que tu te fous un peu de tout, mais ça fait du bien d'offrir quelques heures de répit à ton cœur qui saigne).

Le docteur Fourcade n'a pas fait trop de chichis pour te refourguer cet anxiolytique. Ça fait des années que tu consultes chez lui, même si tu as déménagé plusieurs fois et que lui n'a pas bougé de son cabinet loqueteux, situé dans une petite impasse de Pigalle. Tu l'aimes bien, le docteur Fourcade, il est super dévoué à ses patients, il a vraiment la vocation. Lorsqu'il n'est pas dans son cabinet, il est derrière le téléphone du 15, il ne s'arrête jamais. Quand il a aperçu ta tête dans la salle d'attente, il a vite capté que tu n'étais pas là juste pour faire checker ta tension. Il faut dire que tu n'es jamais malade. Tu viens toujours le voir alors que tu vas bien, genre pour un vaccin contre la grippe ou un certificat médical pour une compétition de course à pied. Du coup, là, ton « Bonjour docteur, j'ai besoin d'un truc qui me fasse dormir et qui m'empêche de me tirer une balle quand je suis réveillé » l'a un peu laissé sur le cul. Il a trouvé que tu exagérais, un chagrin d'amour ne valant pas de se foutre en l'air avec un flingue que tu aurais d'ailleurs été bien en peine de te procurer, mais il t'a quand même prescrit du Xanax sans sourciller, ta pâleur et ta maigreur étaient suffisamment convaincantes.

Désormais, tu vaques. À la rédaction de *Rock&Stone*, à tes courses (qui se résument au fromager de la rue des Pyrénées), tu as même vaqué pas plus tard qu'hier soir dans un bar irlandais du quartier avec ta pote Céline, une des seules à t'avoir répondu « Allez, viens, on va boire un coup » au lieu du faux cul « On pense à toi, bisous ». Tu la dresses sur un piédestal pour avoir eu cette attention que tu attendais tant. Peut-être que quand tu lui as écrit tu faisais moins flipper parce que tu étais sous médocs et que ça a joué. Tu t'en fous, le résultat est là. Coincé entre Céline, le comptoir en bois tout collant du pub et un rugbyman tout collant aussi, tu as enfin pu t'épancher, cracher ta rage, ton amertume. Marion s'en est pris plein la tronche, ça t'a fait un bien fou. Tu te demandes pourquoi la bienveillance est autant à la mode alors que dire du mal est tellement plus jouissif. C'est quand même plus kiffant de gueuler « Quelle sale pute ! » après trois pintes de Guinness que d'infliger un thé vert à son estomac en murmurant « Non, tu sais, je la comprends, elle a choisi la voie du bonheur, tout ça, tout ça ».

Céline t'a écouté patiemment, sans lever les yeux au plafond une seule fois. Elle a trouvé qu'avec ton teint cireux, tes fringues noires et tes cheveux pas coiffés (voire crados), tu te posais bien là en héros romantique dépressif. Bizarrement, ça a un peu regonflé ton image de toi. C'était bienveillant. Ta théorie ne tient pas, finalement. Quoi qu'il en soit, tu es sous anxiolytiques, tout va s'arranger pour toi maintenant.

18 avril – 21 h 00

Ce soir, tu as rendez-vous avec Stéphane. Ça va te faire du bien. Stéphane, c'est ton grand pote depuis toujours. Vous ne vous voyez pas hyper souvent, mais à chaque fois, c'est comme si vous vous étiez quittés la veille. Et au moins, il fait aussi partie du club des « On va boire un verre ! ».

Tu aimes beaucoup les soirées avec Stéphane, parce que tu es du genre taiseux et lui bavard à l'extrême. Il déteste les silences alors il s'efforce d'avoir toujours quelque chose à raconter. Commercial de profession, il passe son temps en bagnole et absorbe tous les sujets qui passent à la radio. Stéphane possède aussi la capacité d'aborder n'importe qui et d'entamer des discussions qui peuvent durer deux minutes ou toute la soirée selon l'interlocuteur ou l'interlocutrice (tu préfères généralement quand c'est avec une interlocutrice et tu aimerais bien que cette situation se produise ce soir).

Vous avez convenu de vous retrouver aux Furieux, un bar du XIe arrondissement où vous avez vos habitudes. La première fois, vous y étiez venus parce que c'était un des seuls bars de Paris qui passait du rock,

Stéphane n'était pas très chaud mais tu en avais marre qu'il te traîne tout le temps dans des clubs de salsa dont tu n'avais rien à foutre, alors il avait cédé. Ce soir-là, il était rentré chez lui en charmante compagnie alors qu'il se prenait râteau sur râteau dans ses lieux habituels, ça l'avait décidé à revenir la semaine suivante. Il a récidivé plusieurs fois depuis et vous êtes donc devenus des piliers de ce bar schizophrène, mélange de tabourets qui font mal au cul et de grands fauteuils en cuir, de spots aveuglants et d'éclairages tamisés, de musique de bourrin et de clientèle réjouissante.

Tu es en avance. Tu es venu directement après le boulot, mais tu as encore débauché bien plus tôt que tu n'aurais dû, tu n'es bon à rien en ce moment, tu peines sur tes articles, la moindre chronique de disque est un enfer à rédiger, ton esprit n'arrive à se fixer sur rien, enfin sur rien qui ne ressemble pas à Marion, ce qui est assez limitant, alors tu t'es barré. Tu t'installes au comptoir d'acier semi-circulaire, tu demandes un pichet d'un litre de bière et deux verres et tu commences à boire dans la foulée. Stéphane vient en voiture, qui sait à quelle heure il arrivera. Un type franchement chelou, comme on en trouve pas mal aux Furieux, prend place à côté de toi. Grand, de noir vêtu, cheveux longs et gras surmontés d'un tricorne de pirate. Tu peux apercevoir ses canines taillées en pointe alors qu'il commande à la serveuse un Zlatan, cocktail un peu traître mais drôlement bon, composé de vodka et de liqueur de café. Il a surpris ton regard en coin.

— Tu sais, je suis un vrai vampire, t'informe-t-il gentiment.

— Je vois ça, réponds-tu. Étant donné qu'il est vingt et une heures, tu prends ton petit déj, là, du coup ? C'est pas ultra équilibré, non ?

— Ouais, ricane le vampire, sans que tu saches très bien à laquelle des deux questions il répond.

Tu relances, non pas que tu aies très envie de causer, mais ses canines t'intriguent :

— Et tu vis genre dans une crypte ? Tu dors dans un cercueil, tout ça ?

— Nan, nan, te déçoit-il, j'habite à Palaiseau.

— C'est pas incompatible.

— Je déteste les êtres humains, te confie-t-il alors. Je ne me sens bien que quand je caresse mon chat.

Stéphane arrive à ce moment-là. Tu l'aperçois jouer des coudes sur la terrasse bondée pour parvenir jusqu'à la porte d'entrée. Tu te sens soulagé. Tu ne voyais pas bien où allait te mener cette conversation avec ton camarade aux dents longues. Tu te détournes de lui en lui conseillant de ne pas se faire autant de mauvais sang et reprends ta contenance en remplissant le verre de Stéphane.

— Hello, lance ce dernier en te faisant la bise.

— Tu t'es garé facilement ?

— Ouais, tranquille. Dis, j'ai appris un truc de ouf aujourd'hui ! Tu sais que les lamas, c'est hypoallergénique ?

19 avril – 8 h 00

Tu ne le savais pas mais c'était vrai. Ni les poils ni les sécrétions du lama n'induisent de réaction cutanée chez ceux qui entrent en contact avec eux. Un bon point, surtout pour toi qui te mets à éternuer pendant une heure dès qu'un chat se trouve dans un rayon de moins de deux cents mètres.

Vous n'avez pas fait toute la soirée sur les lamas. Comme s'il voulait exaucer ton souhait de trouver des interlocutrices disposées à écouter ses sujets foireux, Stéphane a ensuite abordé sans vergogne deux demoiselles qui avaient pris place un peu plus loin sur le bar.

— Excusez-moi, les filles, mais vous saviez qu'un nombre croissant d'historiens s'accordent à dire que Louis XIV était une femme ?

Interloquées dans un premier temps, Coralie et Mireille, comme elles se sont présentées, ont néanmoins montré de l'intérêt pour cette théorie. Tu ne te souviens plus exactement de ce qui venait l'étayer, car Mireille était vraiment mignonne et ton cerveau alcoolisé moulinait en vain à la recherche de deux secondes de concentration pour assimiler le décalage entre son physique avenant et son prénom à la con. Tu commençais déjà à angoisser, sachant qu'au prochain verre, tu lui demanderais certainement comment ça se passait au Petit Conservatoire et qu'elle te mépriserait pour le restant de ses jours, cette vanne moisie lui ayant été servie à peu près quotidiennement depuis qu'elle est en âge de parler (ce qui ne devait pas faire si longtemps que ça vu les oreilles de chat de sa coque d'iPhone).

Comme souvent, tu as laissé l'exubérance de Stéphane faire le job. Ça parlait, ça relançait, les filles riaient, toi, tu te taisais, te contentant d'avoir mal aux genoux parce que tu avais poliment cédé ton tabouret à Mireille et d'étaler ta culture musicale en devinant dès la première mesure le titre de chaque morceau qui passait dans les enceintes du bar, ce qui est toujours super pénible pour les gens avec qui tu traînes, tu le sais très bien, mais tu ne peux pas t'en empêcher. Loin d'être charmées par tes oreilles en béton qui avaient identifié *Déménagé* par Daran sans les Chaises (c'était pourtant pas évident et aurait mérité un peu de reconnaissance, bordel), Coralie et Mireille buvaient les paroles de Stéphane qui dissertait sur les manières les plus efficaces d'allumer un barbecue.

Afin de regagner quelques points sur l'échelle de la séduction, tu vous as commandé quatre shots de vodka-châtaigne. Mauvaise idée. Tu avais déjà balancé au moins trois pintes de bière sur ton estomac vide, ces quelques millilitres de boisson supplémentaires étaient de trop, même si la vodka-châtaigne, c'est quand même vachement bon. Tu as commencé à piquer du nez, le sol s'est mis à tourner. Étais-tu vraiment plus séduisant que cinq minutes et seize balles auparavant ? Pas sûr. Mireille, elle, était toujours aussi jolie, mais elle venait de glisser sa main autour de la taille de Stéphane qui lui montrait une vidéo de tu-ne-préfères-pas-savoir-quoi sur son téléphone.

Tu as pris congé.

21 avril – 11 h 30

Tu tournes la poignée du portail. Le battant s'ouvre en émettant ce grincement que tu as entendu des centaines de fois. Un jour, ton père se décidera peut-être à verser quelques gouttes de dégrippant sur les charnières. Cela dit, ce grincement te manquerait. À l'époque où tu vivais là, il était ton allié quand tu fumais une clope dans ta chambre et qu'il te prévenait qu'un de tes géniteurs rentrait du boulot. Il était ton ennemi quand tu rentrais bourré à pas d'heure d'une soirée entre potes, et que tu aurais préféré qu'il ne déchire pas le silence nocturne de cette petite ville du 77, non loin des bords de Marne, d'espaces verts à n'en plus finir et d'un château du XIIIe siècle, mais où, après vingt heures, tout est mort. Pour la discrétion, tu pouvais donc repasser, car une fois le portail franchi t'attendait encore l'épreuve de l'allée de graviers crissants menant à la porte d'entrée, allée que tu empruntes en ce moment même. Aujourd'hui, tu te fous de la discrétion mais tu fais gaffe à ce qu'aucun caillou ne se coince dans les crampons de tes Dr Martens, c'est la plaie à retirer, tu n'as pas envie de te contorsionner. Tu remarques que les églantines plantées sur le côté commencent à fleurir.

Tu toques deux fois et tu pousses la porte de la maison en meulière. Lors d'une précédente visite, tu as attendu qu'on vienne t'ouvrir et tu t'es limite fait engueuler par ta mère, comme quoi ne pas oser entrer direct chez ses parents, c'est un signe de défiance, qu'on est mal à l'aise, ou un truc comme ça. Tu n'as pas très bien compris. Toujours est-il que maintenant, tu rentres comme si c'était chez toi, ce qui est un peu vrai, ça l'a été en tout cas.

Les bises, l'odeur de bouffe, les remarques sur ton poids (jamais suffisamment élevé), ton teint (jamais suffisamment hâlé), ta pilosité faciale (jamais suffisamment absente), tes fringues (ne te donnant jamais suffisamment l'allure d'un jeune cadre de LR ; bien que tes parents aient toujours été de gauche, ils préféreraient que tu ressembles à cette tête de con de Laurent Wauquiez plutôt qu'à un membre des Ramones), ou encore ta coiffure (la parenthèse qui précède s'applique plus ou moins ici également).

Vous passez à table. Dans le salon, pas dans la cuisine, la cuisine c'est pour tous les jours mais ce dimanche tu es là, ce n'est pas un jour comme les autres. Entrecôte, pommes de terre sautées. Comme chaque fois que tu viens ici. Seule la toile cirée qui protège la table a changé depuis ton dernier passage.

Le boulot ? « Ouais, ça va. » Tu mens, mais tes vieux ayant tous les deux été fonctionnaires, ton père aux impôts et ta mère à la mairie de Maisons-Alfort, la simple pensée que tu bosses pour une boîte privée fait disjoncter leur électrocardiogramme, et l'idée que tu puisses arriver en retard un matin peut vite se transformer en certitude que ton patron, en bon capitaliste qu'il est certainement, va te renvoyer sur-le-champ pour faute impardonnable, frottant ses mains manucurées devant cette occasion de te remplacer par quelqu'un de plus jeune et d'encore moins bien payé.

La vie dans le XXe ? « Ouais, ça va aussi. » Tu gardes pour toi la voiture qui a pilé sous tes fenêtres hier soir et dont les quatre occupants sont sortis pour défoncer à grands coups de lattes un type qui passait par là.

Les amours ? « Ouais, ça va toujours. » Ah, ah, ah, tu ne peux pas geindre devant tes parents comme tu le fais devant tes potes, ça les inquiéterait et ils ne comprendraient pas. De toute façon, ça fait genre trente ans qu'ils sont ensemble, ils ont sans doute vaillamment surmonté des problèmes dont tu n'as pas idée alors ta petite peine de cœur leur passe bien au-dessus de la tête et tu n'as surtout pas envie de les entendre minimiser ce que tu ressens. Donc version officielle pour tes parents : « Ouais, ça va. » Tu reprends des patates.

Et vous, alors ? « Oh, pas grand-chose. » Jardinage (les déchets verts ne sont plus enlevés par les mecs des encombrants, il faut désormais aller les porter soi-même à la déchetterie, c'est pénible). Peinture sur soie (l'atelier organise une expo le mois prochain, « tu viendras ? »). Grands-parents (ils diminuent, « c'est pas drôle, tu sais, tu devrais les appeler »). Amis (les Duveau ont eu un petit-fils que ses parents – « mais si, Christelle Duveau, elle était avec toi au lycée, non, tu ne te rappelles pas ? » – ont prénommé Elio, c'est vraiment chelou comme prénom). Tu acquiesces. Tu reprends du vin.

Après la tarte aux mirabelles, vous passez dans le salon, vous avez trop mangé, la somnolence s'abat, aidée par les fauteuils en cuir confortables et le bourdonnement de la télé en fond. Tu te demandes comment tes parents ont pu rester ensemble si longtemps. Même chose pour leurs amis. L'époque. Ils ont dû bien profiter de toutes sortes de libérations dans les années soixante-dix ou quatre-vingt. Il n'y avait pas encore le sida, on pouvait fumer comme des porcs, le chômage n'en était qu'à ses balbutiements. Les tentations étaient moins grandes aussi, pas de réseaux sociaux, la liste des partenaires potentiels se résumait aux collègues de bureau et aux voisins, ce qui, quand on habite un pavillon et qu'on bosse dans une trésorerie municipale, limite un peu les choses. Le divorce était encore mal vu, même si on n'était pas catho intégriste, il suffisait d'être provincial monté à Paris pour être effaré par la rapidité du quotidien et la superficialité des relations dans la capitale, et vouloir se raccrocher au confort d'un foyer stable.

Tu émerges un peu de tes pensées. Ta mère est en train de terminer une œuvre de peinture sur soie pour l'expo à venir. Ton père ronfle dans son fauteuil. Tu décides d'aller faire un tour dans ton ancienne chambre, où subsistent encore quelques-unes de tes affaires. La pièce est devenue un bureau-bibliothèque. Un parquet de chêne clair a remplacé l'épaisse moquette bleue sur laquelle tu adorais t'allonger pour écouter des disques en fermant les yeux, les murs blancs ont été repeints en vert bouteille et les étagères Habitat ont cédé la place à un équivalent que les magasins de meubles qualifient « de style ». C'est plus chaleureux qu'à ton époque, tu te croirais dans une étude notariale période Flaubert. De grosses boîtes rangées dans une armoire ancienne contiennent encore tes photos, CD, carnets, etc. Des choses trop intimes pour rester à la disposition de tes parents, tu aurais dû les ramener chez toi depuis longtemps mais la place est rare dans les appartements parisiens. Tu ouvres une boîte au hasard. Photos de toi avec une coupe de cheveux pour laquelle on te jetterait des pierres dans la rue si tu l'arborais toujours. Photo d'une ex-petite amie, elle s'appelait Sandrine, comme toutes les meufs de ton âge, il y en avait quatorze par classe. Ça avait duré un an, tu ne te rappelles plus pourquoi vous vous étiez séparés, elle habitait loin, de toute façon. Photo de classe. Première B. Tu as un mal de chien à poser des prénoms sur les visages acnéiques, c'était il n'y a pas si longtemps que ça pourtant, à l'échelle d'une vie. Un visage se détache tout de même du lot, puis un prénom. Estelle. Putain, Estelle… Tu aurais tout donné pour sortir avec elle. Tu aurais même tout donné pour un simple tête-à-tête à la cantine, ou pour qu'elle te sourie un matin en te lançant « Salut Melchior ! ». Qu'est-ce que cette fille a pu hanter tes rêves pendant cette année de première et la suivante ! Combien de fois t'es-tu imaginé passer la chercher en voiture, partir avec elle pour la mer où vous auriez fait l'amour sur les dunes avant de regarder main dans la main le soleil rougir à l'horizon ? Mais tu avais des boutons plein la gueule et pas le permis, contrairement à ce connard de Laurent Millet qui a mis un terme à tes espérances lors de la soirée du lycée d'où tu les as vus partir ensemble et en Clio. Pincement au cœur. Tu sors ton téléphone et cherches Estelle sur Google. Magie de Big Brother, tu la trouves en un clic sur LinkedIn. Elle est comptable, dans une boîte qui fabrique des enveloppes à bulles. Elle a pas mal grossi. Bien fait pour elle.

Sous la pile de photos se cache un CD. Mariah Carey, *Without You*. Une reprise de Badfinger qui t'a fait dresser les poils comme jamais la première fois que tu l'as entendue. Pas trop ton style, pourtant. Tu songes un instant à envoyer le lien YouTube à Marion pour bien lui faire comprendre que tu ne peux pas vivre si tu dois vivre sans elle, mais tu lui as déjà envoyé *Still Loving You* de Scorpions, *Ne me quitte pas* de Jacques Brel, *I Will Always Love You* de Whitney Houston et *Whithout You I'm Nothing* de Placebo, donc cette stratégie commence à être sérieusement éculée. Quand tu étais ado, tu passais des heures à enregistrer des compilations sur des cassettes que tu offrais aux filles que tu convoitais ou avec qui tu sortais. Ça faisait toujours son petit effet. Une fois, tu avais même choisi et classé les chansons pour que la première lettre de chaque titre forme la phrase « Amélie je t'aime ». L'Amélie en question ne s'en était pas aperçue, la conne, et tu avais gardé l'info pour toi parce que le dire *a posteriori* n'aurait servi à rien, à part peut-être à te faire passer à ses yeux pour un sociopathe. Tu avais dupliqué cette cassette dont tu étais si fier, la copie est justement entre tes mains, en provenance directe du fond de la boîte. *All My Love* de Led Zeppelin, *More Than Words* d'Extreme, etc. Par la suite, tu as gravé des CD puis envoyé des MP3 en pièces jointes d'e-mails, c'était de moins en moins sexy et d'ailleurs ça faisait de moins en moins son petit effet. Aujourd'hui, ce sont des liens YouTube. Beurk. Tu te demandes la tronche que ferait Marion si tu lui envoyais une cassette par la poste. Surtout si la première lettre des titres formait la phrase « Amélie je t'aime ».

21 avril – 18 h 45

Sur le chemin qui te ramène au RER, ton regard est attiré par la croix verte clignotante d'une pharmacie, seul commerce qui semble encore ouvert en cette fin de dimanche après-midi. Cela te fait penser que ta dernière plaquette de Xanax arrive à son terme. Tu as ton ordonnance sur toi, tu vas en profiter pour renouveler ton stock.

La porte coulissante s'ouvre sur une boutique déserte, tu te demandes si tu n'arrives pas trop tard. Tu t'approches du comptoir et entames un peu plus bruyamment que nécessaire la recherche de ta prescription dans le bordel de ton sac, dans l'espoir que le gardien des lieux t'entende et montre le bout de son nez.

Opération couronnée de succès. Le gardien des lieux est en l'occurrence une gardienne. Elle te salue en t'éclairant d'un sourire.

— Melchior ? Dis donc, ça fait un bout de temps ! Combien ? Vingt ans ? T'as pas changé. Comment ça va ? Ça me fait plaisir de te revoir !

Quel enthousiasme. Tes hémisphères cérébraux commencent à fouiller dans leur base de données pour comprendre ce qui se passe. Il y a vingt ans, tu habitais encore ici, cette dame te semble avoir un paquet d'années de plus que toi, peut-être la mère d'un de tes potes de l'époque ou une ancienne prof du lycée en reconversion professionnelle ?

Devant ton air ahuri, la pharmacienne te vient en aide.

— On était dans la même classe en terminale. Lydie Montraux ! Je traînais toujours avec Chloé et Estelle !

— Ah, putain, oui, ça y est, excuse-moi, ça fait tellement longtemps et je ne m'y attendais pas, te rappelles-tu vaguement. Mais c'est bon, là. Lydie, exact. Qu'est-ce que tu deviens ?

En fait, tu te fous complètement de ce qu'elle devient, Lydie, tu te souviens à peine de cette meuf. Ce que tu as pu constater te suffit amplement. Elle est devenue pharmacienne, elle n'a jamais bougé du bled où vous avez grandi, elle occupe son dimanche soir à zoner dans son arrière-boutique et elle a pris un sacré coup de vieux, cheveux qui grisonnent leur race, ridules qui s'incrustent et taches brunâtres dans le cou, c'est bien la peine d'avoir autant de produits Clinic dans ses rayonnages si c'est pour ne pas s'en tartiner la face, tu as meilleure allure avec ta crème de chez Franprix.

Lydie te confirme qu'elle est bien pharmacienne puis te raconte qu'elle s'est mariée avec un type du lycée mais que ça n'a pas duré, qu'elle a une fille de quinze ans, que c'est pas facile tous les jours (« Et toi, est-ce que tu as des enfants ? »), qu'elle croise parfois tes parents qui sont très gentils, qu'elle est toujours en contact avec des gens dont tu as totalement oublié l'existence (« Et toi, est-ce que tu es toujours en contact avec des copains de cette époque ? »).

Elle semble un peu déçue de tes réponses négatives, tu sens qu'elle aurait bien aimé relancer sur ces sujets, tu as l'impression qu'elle s'est donné pour but de te faire rester le plus longtemps possible alors que tu veux juste une chose, te barrer. C'est dingue comme parler à quelqu'un qui transpire la solitude peut donner envie de le repousser. Tu calcules dans ta tête s'il y a une chance que la grande pharmacie de la place Gambetta soit encore ouverte quand tu arriveras chez toi si tu te casses immédiatement d'ici en courant. Mais Lydie repère l'ordonnance dans ta main et fait un signe du menton dans sa direction.

— Tu voulais quoi, au fait ?

— Oh, juste renouveler ma prescription.

Tu lui tends la feuille. Son expression se fige en la lisant, elle marmonne un « Ah, OK… » et se retourne sans un mot pour aller fouiller dans ses étagères.

— Six boîtes pour un mois, c'est bien ça ? te lance-t-elle.

— Ouais, il me faut au moins ça, tentes-tu pour détendre l'atmosphère.

Le débit de paroles de Lydie s'est réduit, elle te demande tes cartes Vitale et de mutuelle, s'il te fallait autre chose, puis te tend tes médocs en soufflant « Au revoir, bon courage… ».

Dans la rame de RER qui te ramène à Paris, tu contemples ton reflet dans la vitre. Tu t'étais un peu pomponné ce matin pour faire bonne figure devant tes parents mais là, tu vois juste des cernes, des cheveux gras, un teint jaunâtre. Une sale tronche. La sale tronche de la solitude qui vient de se faire repousser.

2

SHE'S NOT THERE

The Zombies, 1964

22 avril – 21 h 00

« J'ai oublié mon carnet noir chez toi, tu pourrais me le renvoyer par la poste ? »

SMS de Marion. Coup de couteau dans les tripes. Putain, pour qui elle se prend ? Pour qui elle te prend ? Elle croit que ton deuxième prénom c'est Zalando et qu'on a cent jours pour renvoyer les trucs gratuitement ? Elle pense sérieusement que tu vas aller faire la queue dans ton bureau de poste pour lui arranger les bidons ? Dire qu'elle ose écrire « chez toi » alors qu'il y a encore son nom sur la boîte aux lettres et qu'elle a reçu un papier de sa mutuelle pas plus tard qu'il y a deux jours (papier dont tu t'es bien gardé de lui parler même s'il portait la mention « important », et que tu as soigneusement transformé en confettis pour optimiser son recyclage) ! C'est encore « chez nous » ici, ma grande, va falloir qu'elle se mette ça dans le crâne ! En plus, ça lui arracherait la gueule de dire « s'il te plaît » ?

Mais bon, là tu t'énerves, tu t'énerves et tu passes à côté de l'info la plus intéressante : le carnet. Le carnet noir de Marion. Ce fameux carnet dans lequel elle consignait des tas de choses, numéros de téléphone, titres de morceaux à écouter plus tard, mots de passe, etc. Jamais elle ne t'a laissé le consulter, maintenant il t'est offert sur un plateau. Tu ne pensais pas que Marion était assez débile pour avoir laissé derrière elle un truc pareil. Peut-être a-t-elle aussi laissé d'autres choses, du coup ? L'heure d'une fouille en règle a sonné.

22 avril – 23 h 05

Ça t'a quand même pris deux heures. Tu as exploré les moindres recoins de l'appart et découvert quelques trésors. Le carnet noir, tout d'abord, comme prévu. Rempli de numéros de téléphone de gens dont tu n'as jamais entendu parler, le plus souvent désignés par leur prénom et une initiale, tu ne peux même pas les googliser pour savoir de qui il s'agit. Des ex ? Des collègues ? Des employeurs potentiels ? Des plans cul ? C'est rageant de ne pas savoir. Rempli de références musicales, aussi, tu en as écouté quelques-unes, électro hyperpointue, le genre qui ne fonctionne que quand tu planes très, très loin de la réalité (bordel, qu'est-ce que ça te manque quand Marion t'emmenait planer avec elle très, très loin de la réalité, et qu'est-ce qu'en ce moment tu aimerais planer très, très loin de ta réalité de merde, même tout seul). Il y a aussi quelques références de bouquins, bien que tu n'aies jamais vu Marion lire la moindre ligne qui ne soit pas inscrite sur l'écran de son téléphone. Tu dois avouer qu'il y a des trucs pas mal dans le tas, c'est dommage qu'elle ait gardé ça pour son carnet, ça vous aurait fait des sujets de discussion si elle t'en avait parlé. Tu retrouves des mots de passe aussi, mais genre pour EDF ou celui de sa carte Franprix, tu aurais préféré celui de son Gmail ou de son Facebook, là tu vas juste pouvoir consulter sa consommation électrique ou détourner ses points de fidélité. Ils auraient eu l'air malins, Edward Snowden et Julian Assange, en récupérant des mots de passe à la con comme ça.

Ensuite, tu es tombé sur une clé USB. Un vieux modèle de 4 Go oublié au fond d'un tiroir que tu t'es empressé d'introduire dans ton ordi. Des photos. Plein de photos. De plein de périodes différentes. Marion avec dix ans de moins, déjà super à ton goût, avec des cheveux plus clairs et plus longs. Déjà ce regard avec une influence directe sur la dureté de ta bite, même sur les clichés où elle est juste en train de picoler avec ses potes. Putain, qu'est-ce qu'elle est belle, même quand elle est bourrée. Il y a des images plus récentes, d'avant toi mais du coup avec l'Ex. C'est marrant, on voit toujours très bien Marion mais sa tronche à lui n'est jamais entièrement dans le cadre. Si tu voulais savoir à quoi il ressemble vraiment, tu devrais jouer au docteur Frankenstein avec Photoshop pendant un bon moment pour assembler tous ces petits morceaux. C'est mieux, cela dit, ça t'a évité de les voir ensemble et de trop remuer le couteau dans tes entrailles, tu as pu faire défiler aussi sereinement que possible ces photos de Marion avec son mec de merde et ses potes de merde, dans des apparts de merde ou des soirées de merde. OK, c'était très masochiste, mais comme tu n'aurais jamais pu t'en empêcher de toute façon, tu trouves que tu t'en es plutôt bien sorti.

Dans ta quête, tu as aussi mis la main sur un second carnet, bleu et vierge celui-là, un bâton de rouge à lèvres qui devait lui donner l'air d'une grosse pute (heureusement elle n'en a jamais fait usage devant toi), une photo dédicacée de Christophe Maé, une culotte (propre, dommage), un vieux flyer d'une expo d'art contemporain et un préservatif (encore dans son emballage, tant mieux).

Assis sur ton canapé avec ton tas d'objets trouvés, tu réfléchis à ce que tu vas bien pouvoir en faire. Passer une heure à la poste pour les lui renvoyer, à piétiner dans la file d'attente entouré de déficients mentaux qui ne savent même pas acheter un timbre au distributeur automatique ? Certainement pas, qu'elle aille se faire mettre. Tout cramer en psalmodiant des malédictions ? Un peu extrême, tu aurais peur de foutre le feu chez toi, ce vieux parquet doit faire un excellent combustible, et de toute façon, tu ne connais aucune malédiction digne de ce nom. Tu imagines un truc bien pervers, style te torcher avec, ou te branler dessus avant de lui envoyer une photo, mais tu conclus vite à l'inutilité totale de la chose. Et puis ce serait vraiment un comportement de psychopathe. Comment des trucs pareils peuvent-ils ne serait-ce que t'effleurer l'esprit ? Tu prends vraiment trop de médocs, bigre, ça commence à te griller le jugement.

Soudain, l'idée. Évidente. Pertinente. Pas déconnante. Efficace, tu espères. Lui demander de venir les chercher, tout simplement. Comment as-tu pu ne pas y penser avant ? Les médocs te rendent non seulement dépravé mais aussi super long à la détente. L'occasion rêvée de revoir Marion, pourtant, de tenter quelque chose pour la reconquérir, d'avoir enfin la possibilité de discuter de tout ça de vive voix, de lui expliquer à quel point elle se fourvoie, à quel point vous êtes faits l'un pour l'autre. Après, tu lui en veux aussi un peu de penser que tu es à sa botte et que tu vas faire ce qu'elle te demande comme un clébard. C'était quoi, ce ton, dans son SMS ? Genre « *Sorry*, je t'ai abandonné si rapidement que j'ai zappé des affaires, mais comme tu m'aimes toujours comme un dingue, tu vas me les livrer avec le sourire ». N'importe quoi. Faut vraiment qu'elle grandisse.

Tu lui réponds : « Non, mais tu peux venir le récupérer si tu veux. Ainsi que ta clé USB avec toutes ces jolies photos. Sinon ça part à la poubelle, je fais de la place dans mes tiroirs. » Belle affirmation de toi, tu peux être fier. Le mâle alpha dans toute sa splendeur. Conciliant s'il le faut mais ferme sur l'essentiel. À qui on ne marche pas sur les pieds sans le regretter un jour. Bravo Melchior !

Vibration. Marion.

« Va te faire foutre. »

Tu vas peut-être reconsidérer cette histoire de malédiction.

24 avril – 18 h 30

La journée à *Rock&Stone* a été longue. Tu devais terminer un article pour ce soir mais, comme chaque jour depuis trois semaines, tu n'arrives à te concentrer sur rien et tu as séché dessus pendant des heures sans pouvoir écrire une seule ligne. Pour une fois, tu avais une excuse : rendre intéressante cette interview de Xax était un sacré challenge. Tu t'étais fait chier comme un rat mort en interrogeant la chanteuse, ton compte rendu partait dès le départ avec un handicap pour obtenir le Pulitzer. Il t'a fallu attendre seize heures et ton septième café de la journée pour te décider à retranscrire la cascade de platitudes vaguement altermondialistes que la jeune artiste avait égrenées face à toi la semaine précédente, dans un bar déglingué du XIXe arrondissement. Ce jour-là, il t'avait même semblé voir ton dictaphone bâiller.

Ta mission accomplie et Jean-Christophe, ton rédac' chef, à peu près satisfait, te voilà assis sur un strapontin d'une rame de la ligne 9 qui te ramène chez toi depuis la rue François-Ier. Ton voisin mate des photos sur son téléphone. Tu ne peux pas t'empêcher d'y jeter discrètement un œil. Beaucoup de photos de filles. Il les fait défiler vers la droite ou vers la gauche, ça dépend. Tu trouves ça bizarre parce que le défilement de la galerie de ton iPhone ne fonctionne que dans un sens. Puis tu comprends.

Ton camarade de rame fait glisser son doigt vers la droite de l'écran quand les filles sont jolies, vers la gauche quand elles sont moches (remarque qui tient la route pour peu que vous ayez les mêmes goûts, ce qui semble être le cas). Tu en avais entendu parler mais tu n'avais jamais vu personne s'en servir. Tinder. Un réservoir infini de meufs esseulées et de gros queutards dont le glissement des doigts sur l'écran aboutit parfois au glissement d'autres parties du corps. Le garçon assis à côté de toi semble faire des touches, visiblement appelées « matches ».

Même si tu ne te considères pas comme l'archétype du gros queutard, tu décides de tenter ta chance. Tu installeras l'appli dès que tu arriveras chez toi, pour l'instant tu n'as pas de réseau. Tu te demandes d'ailleurs comment fait ton voisin pour afficher autant de photos aussi vite. Si ça se trouve, elles sont déjà toutes dans son téléphone et il fait semblant d'utiliser l'application parce qu'en réalité c'est un commercial de chez Tinder chargé de faire des démos dans des lieux publics sans en avoir l'air. Quoi qu'il en soit, ça vient de marcher avec toi.

Tu vas même avoir le temps de réfléchir aux photos que tu vas utiliser pour appâter toutes ces célibataires, la ligne 9 vient de te prier de patienter quelques instants pour régulation.

25 avril – 10 h 00

Ça y est, tu t'es inscrit. Cela n'a pas été sans mal.

Déjà, il a fallu te connecter avec ton compte Facebook. Pas rassurant. Est-ce que tous tes « amis » allaient recevoir une notification leur révélant ton inscription et la misère sentimentale dans laquelle tu te trouves ? Non, tu en connais qui se seraient foutu de ta gueule dans l'instant et qui ne se sont pas manifestés.

Ensuite, tu as dû choisir des photos pour illustrer ton profil. Des photos qui te présentent à ton avantage, bien sûr. Cela dit, pour avoir consulté quelques profils masculins avec un compte bidon dans une démarche de *benchmarking*, tu as pu constater que ton avantage n'était pas forcément le même que tout le monde. Tu aimes les photos de toi prises dans des bars, avec des bières sur la table, la clope au bec, le tout en noir et blanc si possible, bien contrasté et avec un peu de grain pour faire vintage. La plupart des types, eux, posent torse nu (même les plus gringalets), avec des lunettes de soleil (même les plus noctambules) ou devant une voiture (même ceux qui n'ont pas le permis, mais bon, ça, en fait, tu n'en sais rien, tu es juste mauvaise langue).

Tu as aussi lu quelques études à propos des photos de profil sur les sites de rencontres, problématique sociologique de haute importance à n'en point douter. Ça t'a donné envie de lancer toi-même une étude, psychiatrique cette fois-ci, sur les gens qui font des études sur les photos de profil des sites de rencontres. Bref, il apparaît que les profils qui sont le plus « likés » sont ceux dont les photos présentent le prétendant soit avec un animal de compagnie mignon (chat, chiot, hamster, tarsier, mignon pitbull si ça existe), soit en train de pratiquer la plongée sous-marine (tu n'as pas d'explication à ce fait étrange et tu te dis surtout que les mecs peuvent mettre n'importe quelle photo de plongeur sous-marin dégottée sur Google : pas facile de prouver que ce n'est pas vraiment toi quand le masque et le détendeur te bouffent la totalité du visage, à moins bien entendu d'être un frère Bogdanoff).

Tu as songé un instant à multiplier tes chances en organisant une séance photo sous-marine en compagnie d'un chiot mignon, mais les risques que la pauvre bête finisse noyée ont vite rendu cette option inenvisageable. Du coup, tu as fini par *uploader* des photos de toi dans des bars, avec des bières et des clopes, en noir et blanc contrastés et grainés. Tu te rattraperas sur le texte de présentation.

26 avril – 07 h 30

Tu ouvres Tinder pour voir s'il s'est passé quelque chose pendant la nuit. Tu as désactivé les notifications avant de te coucher, tu pensais prétentieusement que ton téléphone allait t'empêcher de dormir en n'arrêtant pas de vibrer sous les assauts répétés de midinettes ensorcelées par ces clichés si minutieusement sélectionnés.

Un seul match. Elle est moche. Emporté par la fébrilité de la découverte, tu as dû faire glisser ton doigt par erreur.

Il faut vraiment que tu travailles ce texte de présentation.

26 avril – 19 h 00

Tu te demandes si ce texte de présentation est bien utile étant donné que tu as finalement eu quelques matches juste grâce à tes photos au cours de la journée (ton collègue Mickaël, le chef de rubrique chargé du rock français, s'est même foutu de toi en se demandant comment un être à ce point amorphe pouvait se jeter sur son téléphone aussi rapidement à la moindre notification). Et puis tu as remarqué que tu lisais rarement le texte des filles que tu likes avant qu'elles ne t'aient matché. Mais quand même, tu en conviens, cette minibio constitue une bonne base pour entamer la conversation. Tu décides donc de t'y coller.

Contrairement aux photos de profil, il n'existe pas à ta connaissance d'étude sociologique sur le sujet. Cela te redonne un peu foi en l'humanité, mais ça ne t'aide pas beaucoup. Tu fais donc un peu d'espionnage industriel sur les fiches de tes concurrents, pour un bien maigre résultat. Déjà, un profil sur deux n'a pas de texte, ce qui rend toute sa pertinence à la question « Est-ce vraiment utile ? ». Parmi l'autre moitié, bon nombre ne présentent que des smileys de verres de champagne, de voitures rouges ou de planches de surf. Les mecs parviennent donc à résumer leur vie avec les smileys fournis par Apple et Google. Ta foi en l'humanité redescend d'un cran.

Quels sont les atouts dont tu pourrais te prévaloir ? Grand ? Non, pas spécialement, même si tu dépasses largement, disons, Michel Petrucciani. Beau ? Il y a les photos pour ça, tu espères que les meufs ont de bonnes protections d'écran parce qu'il va y avoir des dégâts quand s'affichera ton sourire fracassant. Intelligent ? Ah, ça oui, certainement, mais tu doutes que la zone « Présentation » de Tinder soit le meilleur endroit pour développer une démonstration inédite du dernier théorème de Fermat. Journaliste ? Ouais, pas mal. Il y a un côté aventurier et le « intelligent » pourrait être plus ou moins implicite, pour peu que tu précises que tu ne bosses pas pour BFM TV. Guitariste ? Ça, c'est la classe. Ça sent le sexe, la drogue et le rock'n'roll. Tu es donc un aventurier intelligent et dangereux, en plus d'être un héros romantique dépressif. Détonnant mélange.

Ensuite, il va falloir annoncer ce que tu attends de cette application. Ou pas. Plein de filles précisent « Pas de plan cul ». Tu te demandes si ça implique que c'est ce que cherchent toutes celles qui ne précisent rien. Quand bien même, « Cherche plan cul », venant d'un garçon, ce n'est pas très vendeur. De toute façon, tu ne cherches pas un plan cul. Tu cherches quoi, d'ailleurs ? Une voix au fond de ton cerveau crie une réponse : « Marion ! » Non, ta gueule, la voix ! Tu cherches celle qui te fera oublier Marion, ça n'a rien à voir. Mais ça, ça ne se dit pas non plus dans un texte de présentation. Alors quoi ? Un mot te vient, « complicité ». Pas mal. Même un peu vrai. Le cul, c'est sympa, se marrer et partager des trucs, c'est encore mieux. Ça s'adapte plus ou moins bien avec l'aventurier intelligent et dangereux (« Tiens, maintenant qu'on a baisé, si on partait en toute complicité décapiter le crocodile géant qui garde l'entrée de la grotte colombienne où sont enfouis les secrets des Mayas l'abeille ? »), ainsi qu'avec le héros romantique dépressif (« Tiens, maintenant que nos corps ont fusionné dans un fol élan de passion inextinguible, si on s'écoutait en toute complicité le dernier album de Chopin ? »).

Vautré sur ton canapé rouge, tu finis par saisir ton texte : « Journaliste. Guitariste. Complicité. Crocodile géant. Chopin. » Sacré programme.

27 avril – 10 h 00

Sale surprise au réveil, Marion a encore changé sa photo de profil sur Facebook. Putain, qu'est-ce qu'elle est belle ! Putain, qu'est-ce que tu es malheureux ! Putain, qu'est-ce que tu es con de vérifier le Facebook de Marion sitôt les yeux ouverts !

Évidemment, son connard de mec a liké la photo. Tu la likes aussi, dans le mince espoir qu'il s'en aperçoive, qu'il pense que Marion et toi complotez derrière son dos, qu'il lui fasse une scène, qu'il la foute dehors et qu'elle vienne se réfugier dans tes bras. Il n'est pas le seul à avoir liké la photo. En déroulant la liste, tu repères les profils de plusieurs de vos amis communs. Bande de bâtards. Il y en a qui t'ont consolé quand elle t'a quitté, qui t'ont assuré que c'était vraiment la dernière des putes, que finalement, c'était la meilleure chose qui pouvait t'arriver, que tu n'allais pas te morfondre pendant cent sept ans pour une connasse pareille, parce qu'il fallait vraiment être une grosse connasse pour laisser tomber quelqu'un comme toi. Alors pourquoi ils likent sa photo, ces abrutis ? Tous leurs beaux discours n'étaient que de la merde en barre. Tu te sens trahi. Tu te sens seul. Tu prends un Xanax.

28 avril - 22 h 00

« Mais c'est pas la peine d'être désagréable, je peux pas deviner moi ! »

Pourquoi cette Sophie te répond-elle sur ce ton ? Tu n'as pas l'impression d'avoir été particulièrement méchant dans ton dernier message. Elle te demandait ce que tu faisais dans la vie, tu lui as répondu : « Je suis journaliste. » Sophie semble prendre la mouche facilement. Pas bon, ça.

« Euh, d'où j'ai été désagréable ?

— Bah relis-toi !

— Justement, je vois pas trop.

— Tu mets des points à la fin de tes phrases !

— Et alors ?

— Et alors ça se fait trop pas !

— Ben globalement si, ça se fait, c'est plus ou moins comme ça qu'on termine une phrase dans la vie, non ?

— Ouais, mais là, on est pas vraiment dans la vie, alors le point, c'est comme si tu voulais arrêter net la conversation, c'est limite agressif

— Ah (T'as vu, j'en ai pas mis)

— C'est mieux, ouais

— Tu sais que tu pourrais m'expliquer tout ça autour d'un verre…

— Putain, en fait tu penses qu'à me sauter, je m'en doutais !

— Euh, je te proposais juste d'aller boire un verre, je crois

— Alors pourquoi t'as mis des points de suspension ?

— Parce que si on n'a pas le droit de mettre un point, j'aime quand même bien terminer mes phrases avec un truc, et c'est le seul qui était à disposition sans que ça donne n'importe quoi

— Mais c'est ultra suggestif, les points de suspension !

— Suggestif de quoi ?

— Que tu veux que ça aille plus loin ! »

Ça n'ira pas plus loin. Elle t'a saoulé, Sophie, avec ses règles typographiques d'une autre planète. T'essaieras quand même de faire gaffe aux points la prochaine fois. Et d'y aller franco avec les points de suspension.

29 avril – 20 h 00

Morne journée. Seul truc notable en rentrant du taf, un gros monsieur assis à côté de toi dans le métro s'est mis à te donner des coups de coude en fouillant dans son sac à dos comme s'il venait d'apprendre que Carlos Ghosn était caché à l'intérieur. Il a fini par en sortir un iPad, qu'il a allumé pour lancer l'application Calculatrice sur laquelle il a tapé « 4 × 10 ». Pleine de bonne volonté, la machine lui a répondu « 40 », comme il se doit. Satisfait par ce résultat, le monsieur t'a redonné des coups de coude tandis qu'il rangeait la bête. Tu as sereinement pu retourner à ton autobiographie de Laurent Garnier qui te parlait de la techno de Detroit (qui s'écrit « Detroit », mais que dans ta tête tu prononces « Ditroït », comme dans *Born Dead* de Body Count). Si le monsieur était un commercial de l'application Calculatrice faisant une démo dans un lieu public sans en avoir l'air, ce coup-ci, c'est raté.

1er mai – 14 h 00

En fouillant tes placards dans l'espoir de trouver d'autres affaires que Marion aurait pu laisser, tu aperçois tes fringues de course à pied. Au moins un an qu'elles n'ont pas vu la lumière du jour. Au chapitre zombie, elles font encore mieux que toi. Pourtant, tu courais beaucoup, avant Marion, tu étais même pas trop mauvais, tu vivais à quelques rues des quais de Seine où tu allais t'entraîner deux fois par semaine et tu étais loin de finir dans les derniers quand tu t'inscrivais à un 10 kilomètres. Marion n'était pas du tout sportive et tu préférais passer tes dimanches matin à baiser avec elle plutôt qu'à bosser ta VO_2 max. Tu avais donc mis entre parenthèses tes prétentions marathoniennes, mais tu te rappelles aujourd'hui que courir libère tout un tas d'hormones rigolotes qui valent tous les produits chimiques du monde, donc pourquoi pas en profiter. Tu te rappelles aussi qu'il te suffit de traverser le périph' pour arriver au grand parc de Bagnolet (le Père-Lachaise serait plus agréable et encore plus près, mais tu te vois mal faire du fractionné entre la tombe de Balzac et celle de Jim Morrison) et tout ça te donne quelques fourmis dans les jambes. Tu prends donc ton courage à deux mains, de toute façon, au mieux cette séance de running te redonnera le sourire pendant que les endorphines feront effet, au pire tu élimineras quelques toxines parce que c'est pas la bouffe saine qui t'étouffe en ce moment. Baskets aux pieds, écouteurs sur les oreilles, tu te mets en route.

Bien qu'on soit au milieu de la semaine, ça reste un jour férié et il y a quand même pas mal de gens qui tournicotent dans le parc. Il y a surtout pas mal de meufs, c'est réjouissant. Il fait beau, pas trop chaud, l'air n'est pas encore infesté de pollen qui fait éternuer ni de particules fines qui font mourir, conditions idéales. Le parc est assez vilain, il n'y a quasiment pas d'arbres et juste un pauvre lac qui ressemble plutôt à une grosse flaque d'eau, mais il est en hauteur et la vue sur Paris est démente. Tu te lances. Dans le sens inverse des autres coureurs, parce que tu n'aimes pas faire comme tout le monde et parce que ça te permet aussi de lancer des œillades entendues aux filles que tu croises. Au bout de deux tours, tu prends toutefois conscience que recevoir des œillades venant d'un type transpirant et essoufflé ne met pas spécialement en émoi les sens féminins et que ta technique de séduction sportive est probablement vouée à l'échec. Tu fais volte-face pour te fondre dans la masse. Au moins tu pourras mater des culs, tout n'est pas perdu.

Cinquième tour. Tu as perdu douze litres d'eau, tu craches tes poumons. Tu as encore deux bornes à te taper pour rentrer chez toi, ce qui te décide à prendre immédiatement le chemin du retour.

Arrivé. Monter l'escalier est un enfer. Tu t'écroules sur le parquet. Tes poumons sifflent. Tu es liquide. Des courbatures commencent déjà à s'installer dans tes cuisses. Tu rampes jusqu'au frigo et réussis à te redresser pour atteindre le bac à bières.

Assis à même le carrelage de la cuisine, tu sirotes ta Kro, seule bouteille qui ne nécessite pas un décapsuleur que tu aurais été bien incapable d'attraper dans le tiroir. Tu te dis que ceux qui prétendent que le jogging vaut tous les produits chimiques du monde n'ont pas dû en tester beaucoup.

2 mai – 21 h 00

— Et c'est là qu'on comprend que l'œuvre dans sa globalité interroge notre perception de l'éveil à la conscience, non ?

La jeune femme à côté de laquelle tu contemples ce tableau de Lazlo Figatello vient de poser cette question à un grand type planté quelques pas derrière elle, qui ne ressemble à rien avec son pantalon rayé bleu et blanc, sa veste bordeaux à motifs cachemire dorés et ses lunettes d'un autre monde. Il abonde en son sens en hochant la tête et en faisant « Mmmm » derrière sa moustache à la Dalí. Tu t'inscris en faux mais tu gardes ça pour toi. Tu vois surtout dans ce tableau un amas de poils d'aisselle de chameau de l'Himalaya disposés n'importe comment. L'œuvre dans sa globalité interroge plutôt ta perception du foutage de gueule, et tu n'es pas d'humeur à ce qu'on se foute de ta gueule, là. La journée de boulot a duré une éternité, tu galères toujours autant pour pondre un embryon d'idée d'article qui tienne la route, Jean-Christophe t'a grillé en train de chatter sur Tinder, du coup tu es resté plus tard pour fayoter un peu et tu as eu envie de traîner ta carcasse dans le Ier arrondissement en sortant. Mais la qualité des expos dans cette petite galerie de la rue Quincampoix n'est plus ce qu'elle était. En revanche, les autoproclamés amateurs d'art contemporain qui se la pètent à mort sont toujours fidèles au poste.

Flash-back. Même heure, même endroit, il y a un an à peine. Tu venais de sortir du BHV où tu avais acheté une veste en jean et une nouvelle tête pour le robinet de ta cuisine qui fuyait – c'est le seul endroit de Paris où mode et plomberie font aussi bon ménage. La galerie se trouvait sur ton chemin, il y avait beaucoup de monde dans la petite salle peinte en blanc et violemment éclairée, ça débordait sur le trottoir, il semblait y avoir moyen de grappiller une ou deux coupes de champagne alors tu t'es incrusté.

Le serveur qui stationnait derrière le bar (si on peut appeler de la sorte une planche montée sur deux tréteaux et recouverte d'une nappe de papier blanc) n'a pas fait de manières pour te tendre un verre que tu as commencé à siroter en jetant un œil aux tableaux suspendus aux murs.

— Vous connaissiez Radu Livianescu ? t'a soudain demandé une voix féminine, t'arrachant à la contemplation d'une toile pas dégueu du tout dans le style de Kandinsky ou de Miró, tu as toujours eu du mal à faire la différence.

Tu as tourné la tête et la tête t'a tourné. La jeune femme qui te faisait face était grande, vêtue d'un tailleur-pantalon noir, d'un chemisier blanc et d'une cravate autour du cou, elle avait les cheveux bruns et courts, et semblait avoir les mots « C'est elle ! » qui clignotaient au-dessus de la tête. Tu n'as pas compris. Ton cerveau s'est mis à te balancer un tsunami d'émotions. Ton cœur a accéléré, battant de plus en plus fort comme s'il voulait fuir ta poitrine pour bondir vers la sienne (c'eût été assez trash si ça c'était vraiment produit, mais ça aurait donné un happening sympa dans cette galerie d'art). Tout est devenu flou autour de toi, flou et tournoyant. Seule la jeune femme, d'une netteté absolue, lumineuse, irradiante, incandescente, traçait son chemin jusqu'à tes pupilles, jusqu'à ton cerveau bouillonnant qui te transmettait la vision de vous deux dans un appartement inconnu que tu devinais pourtant être le vôtre, évoluant dans un quotidien commun et délicieux que tu pressentais inéluctable et proche. Non, tu ne connaissais pas Radu Livianescu mais tu la connaissais elle, depuis toujours, tu l'attendais, ton corps l'attendait, ton âme l'attendait et elle était là, balayant tout sur son passage. Il avait suffi d'un regard pour remettre en cause ton existence entière.

— Je m'appelle Marion, a-t-elle ajouté en souriant, j'ai travaillé à l'organisation de cette exposition.

Tu apprendras que sa participation s'était limitée à distribuer des flyers sur le parvis du centre Pompidou, mais même si elle te l'avait confessé dès cet instant magique au lieu de te vanter le bonheur que c'était d'avoir un poste à responsabilités dans l'événementiel, tu t'en serais cogné comme de l'an quarante. C'était Elle.

3 mai – 11 h 00

Vibration. Normalement tu attends toujours d'avoir au moins terminé le paragraphe que tu es en train de rédiger pour regarder ton téléphone, sinon tu t'en sors pas, mais comme tu as préféré bosser chez toi aujourd'hui personne ne te prendra en flagrant délit comme hier, et de toute façon la chronique sur *Revolution Radio* de Green Day que tu dois écrire pour ton dossier dans le prochain hors-série de *Rock&Stone* ne t'inspire guère. Cela dit, Green Day ne devait pas être très inspiré non plus en composant l'album, donc il y a une logique. « Vous avez une nouvelle affinité Tinder », affiche ta barre de notifications. Tu lances l'application. Mélanie, trente-huit ans. Comme toi. Jolie. Normal, sinon tu ne l'aurais pas likée. Tu regardes à nouveau ses photos, plus attentivement cette fois. Vraiment très jolie, en fait. Tu as hâte de lui envoyer un premier message mais tu préfères attendre un peu, tu ne veux pas passer pour un crevard. Remarque, il t'est déjà arrivé de temporiser un peu trop longtemps et que des meufs caractérielles regrettent leur geste et te suppriment dans l'intervalle. Tu décides de fumer une clope avant de te lancer. Tu en profites pour te remettre Green Day dans les oreilles. Non, décidément, ils ne se sont pas foulés.

« Bonjour, Mélanie ! *[Simple, de bon goût, avec un point d'exclamation indiquant à quel point cette rencontre est enthousiasmante. Tu parles.]*

— Bonjour, Melchior ! C'est ton vrai prénom ? *[Un point d'exclamation aussi, l'enthousiasme de façade semble partagé. Elle te pose une question en premier, parfait, ça t'évitera de réfléchir à une entrée en matière. En plus, tu as une réponse toute faite pour celle-là.]*

— Oui, c'est mon vrai prénom, mes parents étaient fans de Sheila. *[Un peu d'humour, femme qui rit à moitié dans ton lit, dixit la sagesse populaire.]*

— Comment ça ? *[Bon, soit la culture de cette Mélanie n'est pas très au point en ce qui concerne la chrétienté et le phénomène yé-yé, soit ta vanne est un peu trop tirée par les cheveux, peut-être à revoir.]*

— Bah, les Rois mages, tout ça... *[C'est pénible de devoir expliquer.]*

— Ah, d'accord ! LOL ! *[Ah, merde. Une fille de trente-huit ans qui dit « LOL » ? Tu n'es pas sorti de l'auberge. En plus, maintenant, c'est à toi de relancer.]*

— Je vois qu'on est séparés de seulement deux kilomètres, tu es dans quel coin ? *[Normalement, tu demandes ça un peu plus tard dans la conversation, mais avec une fille qui dit « LOL », tu préfères prendre des raccourcis, ce ne sera pas une grande perte si elle se barre en cours de route.]*

— Belleville et toi ? *[Ah, tu trouves que c'est cool, Belleville.]*

— C'est cool, Belleville ! Moi, je suis à Gambetta. *[Tu ne relances pas, à elle de travailler.]*

— OK, et tu fais quoi ? *[Amis de la précision, bonjour.]*

— Là maintenant, en général dans la vie, ou comme boulot ?

— Les trois, LOL ! *[Non, ça va pas être possible, là... Mais elle est super jolie, quand même... Bon...]*

— Là maintenant, je bosse, je suis journaliste pour *Rock&Stone*. Sinon, j'écoute et je joue pas mal de musique, je vais à des concerts...

— Trop bien ! Et tu fais un truc ce soir ? *[En voilà une peu farouche et rapide en besogne.]*

— Non, rien de prévu, tu veux qu'on aille boire un verre ? *[Tu ne vaux guère mieux, cela dit.]*

— Avec plaisir ! Je n'ai pas l'habitude de ce genre de proposition mais on m'a offert une bouteille de vin au travail et je ne me sens pas de la boire toute seule, LOL. Tu veux passer chez moi ? *[Pas l'habitude ? Mais bien sûr, Mélanie.]*

— Bah écoute oui, pourquoi pas ? *[Il faudra que tu penses à vérifier s'il te reste des capotes.]*

— OK, je t'envoie l'adresse, le code, et tout et tout. Vingt heures, ça va ?

— Parfait !

— Super, à tout à l'heure ! »

Eh bien, voilà une affaire menée avec diligence, comme on dit dans les westerns. De toute façon, Mélanie est certes très jolie, mais elle a aussi l'air conne comme une chaise. Elle ne sera sans doute pas l'amour de ta vie, l'amour de ta vie ne dit pas « LOL », mais pour ce soir, cela te changera un peu les idées. « *We live in troubled times* », affirme le chanteur de Green Day à travers tes enceintes.

4 mai – 12 h 00

Aujourd'hui, tu te détestes. Ce n'est pas la première fois, ça ne sera pas la dernière. Tu étais pourtant content d'aller retrouver Mélanie à Belleville, même si c'était la première fois qu'une fille t'invitait chez elle si vite et que ça te faisait un peu bizarre. Tu étais venu à pied, le temps était agréable. Mélanie habitait un grand immeuble récent dont tu as jalousé le visiophone à l'entrée (chez toi, il faut que le livreur de pizzas t'appelle au téléphone, puis que tu descendes lui ouvrir, alors que tu habites au cinquième sans ascenseur, bordel), tu t'es un peu paumé dans les innombrables couloirs mais tu as fini par trouver sa porte. La soirée a bien démarré. Appartement moderne, sans grand charme mais avec un salon gigantesque et une cuisine ouverte sur le bar de laquelle vous vous êtes installés pour enquiller, sans penser à manger, la bouteille qu'on lui avait offerte au boulot et celle que tu avais rapportée du Monoprix. Comme tu l'avais pressenti à grands coups de LOL, Mélanie n'était pas hyperfutée mais rigolote, un peu moins jolie que sur ses photos mais ça allait quand même, elle avait bon goût côté musique. Vous avez passé un bon moment à discuter, parce qu'elle était plus délurée sur Tinder que dans la vraie vie et toi moins sûr de toi. Il a fallu attendre minuit, que vous fumiez un joint sur le best-of des Smiths, pour que vos corps commencent à se parler. La communication s'est faite sans trop d'encombres, au début. Bouches qui se découvrent, langues qui se mêlent, direction la chambre. Vêtements jetés en boule par terre. Tes clés et ta monnaie qui tintinnabulent sur le sol quand tu balances ton jean (il faudra que tu penses à les ramasser). Le lit de Mélanie, les choses sérieuses qui démarrent.

« *I am human and I need to be loved, just like everybody else does…* », chantent les Smiths depuis le salon. Pas bon, ça. Tu repenses à Marion et toi allongés par terre, écoutant ce morceau, *How Soon Is Now ?*, ton préféré, le volume de la chaîne à fond, le voisin cognant en vain sur le mur pendant que vous vous laissez emporter par les vagues de guitares saturées. Retour à la réalité. Les effets combinés de l'alcool et du THC disparaissent comme par enchantement. Qu'est-ce que tu fais là, déjà ? Ah oui, Mélanie. Tu la prends dans tes bras et respires ses cheveux mais ils n'ont pas l'odeur que tu attendais. Tu goûtes sa peau. Elle aussi te déçoit, tu ne ressens pas la montée d'amour et de désir sans laquelle à quoi bon. Tu baises Mélanie machinalement, tu ne penses ni à son plaisir ni au tien. Tu ne penses qu'à comparer et la comparaison n'est pas en faveur de ta partenaire du moment. Quand tu as terminé, tu aimerais t'étendre sur le dos, épuisé, couvert de transpiration sucrée, un feu d'artifice dans le cerveau, des hormones de bonheur circulant dans chacune de tes veines, les mots « âme sœur » et « éternité » passant et repassant devant tes yeux alors que tu contemples celle qui se trouve à tes côtés. Mais les seuls mots qui défilent à ce moment-là sont « ramasser ces putains de clés » et « dernier métro », tu as la flemme de rentrer à pinces.

Tu as prétexté devoir te lever dès potron-minet et peut-être même avant puis tu t'es dirigé vers le salon pour te rhabiller. Tu n'aimes pas être ce genre de mec. Pourtant, quand Mélanie s'est approchée de toi, a passé ses bras autour de ta taille et t'a embrassé en te déclarant « Tu sais que tu m'as fait jouir ? », tu as répondu « Bah j'espère bien », pour jouer à fond la carte du connard. Tu es parti. Il y avait encore des métros.

Comment se termine *How Soon Is Now ?*, déjà ? « *And you go home, and you cry, and you want to die…* » Oui, tu te détestes aujourd'hui. Tout mec normalement constitué devrait être content d'avoir tiré son coup la veille avec une fille plutôt jolie, mais pas toi. Tu as l'impression de tromper Marion alors que c'est elle qui t'a laissé pour un autre. Elle te manque tellement. Tu sais que tu ne la retrouveras jamais dans une autre fille mais tu poursuis quand même cette quête avec un acharnement absurde.

Même si Mélanie n'était pas farouche, tu sais que tu l'as sans doute blessée. Est-ce que c'est de sa faute si tu n'as pas ressenti avec elle ce que tu ressentais avec Marion ? Qui es-tu pour lui reprocher ça ? Est-ce que c'était une raison pour avoir ce comportement merdique ?

Qu'est-ce que tu pourrais faire pour aller mieux ? Pour l'instant, il n'y a qu'une seule chose qui te fasse sentir exister un minimum aux yeux de quelqu'un. Tu prends ton téléphone. Tu ouvres Tinder.

9 mai – 13 h 30

— Melchior, tu m'écoutes ?

— Euh… Oui, oui…

— Alors qu'est-ce que je viens de dire ?

— Quoi ? D'où tu veux me faire répéter ? Putain, Jean-Christophe, on n'est pas à l'école primaire, non ?

— Ben on dirait, t'as l'air d'un gamin qui rêvasse en regardant par la fenêtre. Alors ?

— Alors quoi ?

— Tu répètes ?

— Non, putain, j'en sais rien !

— Sans déconner, Melchior, on a tous bien vu que ça allait moyen pour toi en ce moment, je me contrefous de savoir pourquoi, mais ce dont je ne me contrefous pas du tout, c'est que tu sois aussi dynamique qu'un bigorneau tétraplégique. Tu arrives à onze heures, tu te casses à seize, et dans l'intervalle on ne peut rien te dire parce que ton cerveau est une vraie passoire. Donc, je répète, puisque monsieur est trop perdu dans ses pensées pour écouter son chef, où en es-tu avec ton enquête sur les bars qui ferment à cause des nouvelles normes sur le bruit ?

— Ah, ça… Oui… J'avance, j'avance… Le souci, c'est que ceux qui se plaignent du bruit et qui demandent des mises aux normes sont souvent des bobos à la con qui viennent d'emménager. C'est quand même débile de choisir d'habiter dans une rue où tu sais qu'il y a un bar qui passe de la musique fort et des gens qui boivent sur le trottoir jusqu'à super tard, pour ensuite te plaindre qu'il y a trop de bruit. Les patrons de bar sont dégoûtés, ils étaient là en premier et doivent mettre la clé sous la porte à cause d'abrutis qui viennent piétiner leurs plates-bandes au son des borborygmes de Vincent Delerm. Le truc, c'est qu'on en a pas mal aussi parmi nos lecteurs, des gens comme ça, il faudrait pas les froisser.

— « Bobos à la con ? » Tu t'es pas regardé, mon gars, avec ton appart dans le XXe, tes bracelets ethniques et tes pompes « worker » à trois cents euros. Enfin bon, content de voir que ça avance, même si ça vexe quelques lecteurs. De toute façon, un bobo même à la con ne se reconnaîtra jamais dans la description d'un bobo à la con, la preuve.

— Elles sont super bien, mes pompes, tentes-tu de te justifier en t'éloignant dans l'open space.

Ouf, tu t'en es pas trop mal sorti. Le seul problème, c'est que tu t'es lancé dans une impro totale parce que tu n'as encore absolument rien foutu pour cet article. Pris aucun contact, rencontré personne, glané aucune info, écrit aucune ligne. Tout ce que tu es capable de faire depuis cinq semaines, c'est de penser à Marion, te souvenir de vos séances de baise et de son cul. Et te souvenir que son cul, tu ne le reverras jamais. Ni ses seins. Ni son grain de beauté sur la nuque. Tout ce que tu verras, c'est des photos de profil Facebook où elle a l'air beaucoup plus heureuse sans toi. Tu es du passé. Tu es un handicap. Tu es un bobo de merde.

14 mai – 19 h 00

Morne journée. Seul truc notable en rentrant du taf, six places libres au bout de ton wagon de métro, à cet endroit où les voyageurs se font face trois par trois. Enfin, cinq places en fait, parce que l'une d'entre elles était occupée par un type qui dormait. Pas l'aspect d'un clodo, cheveux bien coupés, blazer gris foncé, jean et chaussures pas si usés que ça, mais quand même une bouteille de rouge en plastique largement entamée sur les genoux et une odeur loin d'être agréable.

Tu n'avais même pas remarqué que toutes ces places s'offraient à toi en entrant dans la rame, tu t'étais dirigé directement vers les strapontins qui laissent davantage d'espace pour les jambes, du coup tu avais une vue imprenable sur l'endormi. Tu chopais un peu ses effluves mais tu ne pouvais pas poser ton cul ailleurs, aucun autre siège vacant dans le wagon.

C'est alors que le ballet a commencé. À chaque arrêt, une chorégraphie bien rodée de dames entre deux âges qui se précipitaient en jouant des coudes sur les cinq places libres, s'asseyaient en affichant une mimique satisfaite, genre moi je sais repérer les bons plans, bande de nazes qui voyagent debout, mimique qui se transformait vite en froncements de nez, incompréhension, regards affolés vers la bouteille et son propriétaire, puis allure pétrifiée de celle qui tâche de se donner une contenance mais qui retient sa respiration et brûle d'arriver à la station suivante pour aspirer une grande goulée d'air un peu moins vicié et s'installer deux wagons plus loin, sans doute debout comme toute cette plèbe tellement moins finaude qu'elle.

Cette scène s'est répétée six fois durant ton trajet. Même si tu étais toi aussi légèrement incommodé et que des places assises se libéraient de temps à autre un peu plus loin, tu n'as pas bougé, fasciné et moqueur.

Le type a fini par se réveiller et par descendre précipitamment à Bonne-Nouvelle. À la station suivante, une dame entre deux âges est montée en reluquant la place libre à côté de toi. Puis elle s'est figée, a reniflé et t'a lancé un regard méprisant avant de ressortir pour changer de wagon. Tu as peut-être encore de petits efforts à faire côté look.

15 mai – 07 h 30

Tu te réveilles d'humeur guillerette. Tu as passé une bonne soirée, hier. À une fille qui te demandait où vous pouviez vous retrouver pour boire un verre, tu as proposé le seul bar que tu connaissais dans son quartier de Saint-Ambroise, présumant qu'elle en aurait entendu parler :

« Vers vingt heures, Chez Toi ou Chez Moi ?

— Oh, ben chez moi, je préfère ! »

Tu n'as pas jugé utile de lever le quiproquo.

16 mai - 03 h 00

Ça fait deux heures que tu te tournes et te retournes dans ton lit. Pas moyen de trouver le sommeil. Tu as maté un documentaire chiant sur ton ordi, tu as bouquiné, tu t'es enfilé deux shots de vodka, tu as repris un Xanax, tu t'es branlé, rien n'y fait, ça ne vient pas. Tu transpires tout ce que tu peux, ton cerveau mouline à mille à l'heure et surtout, tu as une boule d'acier hérissée de lames de rasoir qui fait des bonds dans ton thorax, sans te laisser cette minute de répit qui te permettrait de perdre conscience.

Syndrome de manque. Une seule pensée t'obsède et te déchire. Elle est partout, sur Netflix, dans ta liseuse, dans tes pensées onaniques, dans tes vapeurs alcoolisées et médicamenteuses, cette putain de boule d'acier ne te laissera pas en paix ce soir. Tu te souviens de Marion allongée à côté de toi dans ce même lit dont ta sueur commence à imbiber le matelas, les draps sont déjà trempés. Au moindre contact de vos peaux, un désir comme tu n'en avais jamais connu auparavant déboulait de façon incontrôlable, vos corps cherchaient à fusionner, vos langues se promenaient partout, ça dégénérait en sexe sauvage, rien n'était tabou, aucun mot qu'on n'ait le droit de prononcer, aucun orifice dont on n'ait le droit de profiter. Là aussi, les draps étaient trempés, trempés de bonheur caramélisé, au lieu de puer ta transpiration âcre comme cette nuit. Est-ce que tu retrouveras ça un jour ? Tu en doutes. Ce flash, cette montée, cette explosion. Tu te rappelles quand Marion rentrait certains soirs et qu'elle avait rendu visite à tu ne sais qui tu ne sais où. Elle rapportait un sachet d'herbe ou un pochon de coke que vous vous empressiez de consommer. Flash, montée, explosion, ouais, la séance de cul qui en découlait était encore plus démente, le truc qu'on ne peut pas concevoir à moins de l'avoir vécu, dépravé et extatique, décadent et magique.

La boule d'acier continue à te dépecer de l'intérieur, tout ton corps est collant, tu peux à peine respirer, tu ne retrouveras jamais ça avec personne, t'abandonner complètement à l'autre, que vos corps, vos esprits, vos âmes, vos fluides ne fassent qu'un, ces explosions encore et encore, le grand amour sous toutes ses formes, la maman et la putain combinées de façon aussi grandiose qu'en Marion. Aucune chance. Tu te lèves pour aller dans la salle de bains. Alors que tu avales deux Xanax supplémentaires d'un seul coup, tu te fixes dans le miroir, hirsute, cerné, maigre, moite, un vrai junkie en manque. Tu retournes dans ton lit, les draps sont humides et déjà froids, exhalant des remugles aigres. Tu t'en fous, le seul truc auquel tu penses là maintenant c'est que le junkie que tu es donnerait tout pour un fix, un bon gros shoot de cul et de fusion paradisiaque en intraveineuse. Un fix de Marion.

Pour le moment, c'est le Xanax qui se dissout dans tes veines. La boule d'acier finit par fondre. Ses lames de rasoir s'émoussent. Un brouillard noir se substitue à tes pensées. Tu sombres. Enfin.

18 mai – 12 h 00

Tu as trouvé une place idéale à La Rotonde. Pas vraiment le café au nom le plus original de Paris. C'est drôle, dès qu'un café est situé au croisement de deux rues (et Dieu sait s'il y en a), les proprios semblent trouver intelligent de le baptiser La Rotonde plutôt que Le Croisement (dont on pourrait penser qu'il s'y pratique des expériences de génétique), Le Carrefour (dont on pourrait penser qu'on peut y faire ses courses) ou L'Intersection (dont on pourrait penser qu'on s'y entraîne pour passer le code de la route). La Rotonde, donc. Pas le resto super connu de Montparnasse, mais un boui-boui dans le Xe arrondissement, pas loin de la gare de l'Est, coincé entre un kebab et un taxiphone. C'est d'ailleurs le kebab qui se situe vraiment au croisement des deux rues, pas le bar ; le nom « rotonde » est donc un peu surfait. On est en fin de matinée, des mecs au comptoir sont déjà torchés au vin blanc bon marché, il règne une odeur de désodorisant pour chiottes et de vieux marc de café. La surface de ta table colle un peu mais la vue que tu as sur la porte d'entrée de l'agence Travel King est imprenable.

Travel King. Quelle enseigne à la con. Pour une activité encore plus à la con. Qui fout encore les pieds dans une agence de voyages quand on peut partir au bout du monde en trois clics sur son téléphone ? Ça fait déjà une demi-heure que tu observes la boutique et tu n'as d'ailleurs vu passer aucun client. En revanche, à en croire les affiches collées sur la vitrine, tu sais maintenant que tu pourrais partir dix jours à Bali pour à peu près un mois et demi de ton salaire, ce qui n'est pas donné même si ça a l'air très joli et que, pour ce prix-là, il ne faut sans doute pas aller jusqu'à Beauvais en navette pour choper un avion, comme tu en as l'habitude.

Enseigne à la con, activité à la con et salariés à la con. C'est ici que bosse l'Ex. Celui à cause de qui ta vie est passée en quelques secondes de plage balinaise paradisiaque à chambre d'hôtel low-cost dans la banlieue de Düsseldorf. Celui à cause de qui tu ne dors plus, tu ne manges plus, tu ne ressens plus. Enfin si, tu ressens. De la haine. Des envies de meurtre. De lui faire rendre gorge pour t'avoir ôté toute joie, tout but, tout soleil. Toi, ce sont ses dents que tu vas lui ôter. À grands coups de poing dans sa sale gueule de bâtard. Tu ne t'es jamais battu de ta vie, mais ça ne fait rien. Lui non plus, à ce que tu en sais. Il est plus petit que toi, donc il y a plus de chances que ce soit ses incisives qui jonchent le trottoir d'ici à quelques minutes plutôt que les tiennes.

Toujours aucun mouvement en provenance de l'agence. Il doit être en train d'échanger des SMS avec Marion pour se foutre de toi qui n'as rien perçu du complot qui s'ourdissait derrière ton dos, d'organiser leur soirée où ils retrouveront leurs potes débiles dans un bar branchouille à la mords-moi-le-nœud.

Tu as été con, aussi. Tu ne t'es pas demandé pourquoi Marion avait soudainement mis un code pour déverrouiller son téléphone, il y a quelques semaines. En fait si, mais elle t'a répondu qu'une de ses copines s'était fait tirer son portable et qu'elle préférait mettre en place une sécurité au cas où il lui arriverait la même chose. Soit. Tu ne t'es pas demandé pourquoi le visage de l'Ex apparaissait dans des notifications Messenger presque à chaque fois que Marion daignait te laisser regarder son écran (souvent pour te montrer une vidéo Facebook qui ne faisait rire qu'elle). En fait si, mais elle t'a répondu qu'il lui envoyait des liens de musique, qu'ils avaient toujours fait ça et que ce n'est pas parce qu'ils n'étaient plus ensemble que ça allait s'arrêter. Soit. Tu ne t'es pas demandé pourquoi Marion allait parfois le rejoindre pour boire un café après le boulot. En fait si, mais elle t'a répondu qu'il allait mal, que c'était bien le moins qu'elle pouvait faire, que leur séparation n'était pas facile pour lui, pauvre petite chose fragile. Soit. « Amour, amour, quand tu nous tiens, on peut bien dire : adieu prudence », a écrit La Fontaine. Tu as quand même été vachement con et maintenant, la fontaine, c'est toi.

Douze heures trente. La porte de l'agence s'ouvre. C'est la pause déjeuner. Tu le sais car tu as consulté les horaires sur Internet, l'agence est fermée entre douze heures trente et quatorze heures. Putain, tu croyais qu'il n'y avait qu'en province que les commerces fermaient entre midi et deux. Une jeune femme sort, pas dégueulasse au demeurant. Elle s'immobilise et allume une clope. Elle attend. Quelques secondes plus tard, il apparaît enfin. L'Ex. C'est la première fois que tu le vois en vrai. Déjà, en petits morceaux sur des photos, il ne ressemblait à rien, mais là, c'est encore pire. Gros pif, grosses lunettes, trois cheveux qui se battent en duel, des rougeurs crados. Qu'est-ce que Marion lui trouve, bordel ? Elle qui est la plus belle fille sur laquelle tu aies jamais posé les yeux. Elle dont la vision a été une telle révélation, un ange descendu du ciel dans un tableau de Raphaël, le peintre de la Renaissance, pas le chanteur qui fait du camping. Elle dont le regard, la peau, l'odeur déclenchent une éruption volcanique dans tout ton être. Pourquoi lui ? Pourquoi *ça*, cette chose d'une médiocrité sidérante ? Triple *fuck* !

La fumeuse et la chose se mettent en route. Tu as déjà réglé tes consommations, tu te lèves et tu les suis, conservant entre vous une distance d'une vingtaine de mètres. Ils marchent côte à côte. Et si ces deux-là étaient ensemble ? Si l'Ex trompait Marion avec sa collègue ? Tu sors ton portable histoire de pouvoir prendre une photo compromettante au cas où il y aurait baiser furtif ou contact de mains. Elle aurait l'air bien conne,

Marion, quand tu lui enverrais l'image. Elle reviendrait vers toi, ce serait la seule chose sensée à faire, non ? Mais rien, juste deux collègues qui vont s'acheter à bouffer avant de retourner dans leur agence de voyages provinciale. Il va falloir que tu retournes à ton plan dentaire de base.

Tu imagines ton poing s'écraser sur la mâchoire de la chose. Le moment est arrivé, tu presses le pas. Tellement que tu heurtes sans le faire exprès une palette posée contre un mur, qui s'abat sur le sol avec fracas en te faisant trébucher. L'Ex et sa collègue se retournent pour voir ce qui se passe. Tu croises son regard.

Il n'a aucune réaction en t'observant. Soit il n'a jamais vu ta tronche ou alors juste par petits bouts au détour d'une clé USB, soit il n'est pas physionomiste, mais une chose est sûre, il ne te reconnaît pas. Ses yeux disent juste la surprise d'avoir été effrayé par un bruit inattendu. Tu pensais y lire un éclat narquois, y sentir l'arrogance du type à qui tout réussit et qui t'a bien niqué. Non, juste la surprise, qui une fois passée se transforme en une lassitude que tu n'aurais pas crue possible chez quelqu'un qui partage la vie de la plus merveilleuse fille au monde. Puis il fait demi-tour et tu le regardes s'éloigner avec la fumeuse qui a profité de cet interlude pour s'en rallumer une. Maintenant, tu hésites à reprendre ta marche pour le défoncer, c'est malin. Déjà, tu as eu peur. Et puis tu ne voudrais pas choper une maladie de peau si tu le touches, mais passons. Il est tellement insignifiant. Tu m'étonnes qu'il ait essayé de reconquérir Marion, quand on perd une nana pareille et qu'on est si moche, on s'accroche, on sait qu'on ne touchera le pactole qu'une seule fois dans sa vie.

Et est-ce que tu n'es pas en train d'agir exactement de la même façon en ce moment précis, bien que sans doute un peu moins moche ? Est-ce que ça vaut la peine de se choper une plainte pour coups et blessures ou cruauté envers les animaux ? Est-ce que ça fera revenir Marion, qui devra demander des autorisations de visite conjugale au directeur de la prison au sein de laquelle tu croupiras quelques mois ? Est-ce qu'elle ne risquerait pas plutôt d'être attendrie par son mec tout cassé et de te faire passer du rang d'ex un peu pénible à celui de dernier des connards ?

L'Ex et toi avez par ailleurs un point commun : Marion vous a dévastés un jour. Avoir été quittés par la même femme crée un lien, lui a fini par s'en remettre. C'est d'ailleurs à partir du moment où il a commencé à se désintéresser de Marion que les messages, les rendez-vous et les codes secrets ont débuté. Il allait mieux et elle est revenue vers lui. L'Ex est la preuve vivante que Marion est changeante et qu'il est possible que la foudre frappe deux fois au même endroit (elle l'a même frappé un peu trop fort, l'Ex, vu sa face de traviole). Possible, mais seulement pour peu qu'on ne soit pas une loque comme toi en ce moment. Et est-ce que péter la gueule de l'Ex alors que tu es hirsute et bourré de médocs est la meilleure manière de montrer à Marion que tu vas mieux et de lui donner envie de mettre des tas de codes secrets sur son téléphone en pensant à toi ? Tu ne bouges pas. Tu les perds de vue. Tu te traites de lâche, mais au fond de toi, tu sais que c'est mieux ainsi. Tu ravales ta fierté et un Xanax.

3

I WANNA BE SEDATED

Ramones, 1978

25 mai – 23 h 59

Tu es passé sans difficulté. Le mec à l'entrée t'a fouillé de la tête aux pieds, il a palpé toutes tes poches (même celle de ton jean au-dessus de la poche droite, la toute petite où personne ne met jamais rien, mais qui du coup il est vrai pourrait constituer une bonne planque pour des substances pas très licites), et a même jeté un œil dans ton paquet de clopes. Puis il t'a laissé entrer en te lançant un « Bonne soirée, monsieur » qui t'a un peu vexé car les gens contre lesquels tu t'agglutines maintenant dans la file d'attente n'ont eu droit qu'à un « Bonne soirée ». Il faut convenir que la plupart des gens en question ont une petite vingtaine d'années et que tu fais légèrement tache dans le décor. Mais merde, les plus de trente ans (voire les un peu moins de quarante) ont bien le droit de s'amuser aussi, non ?

La soirée a lieu dans le nord de Saint-Denis, dans une gigantesque usine désaffectée. C'est un peu loin de tout. Après dix minutes de marche depuis la station de métro, il t'a fallu slalomer un bon quart d'heure entre les vieux bâtiments de ce qui semble être une friche industrielle. Heureusement que d'autres personnes arrivaient en même temps que toi et qu'il y avait par endroits quelques pancartes dessinées à l'arrache pour vous guider, sinon tu aurais un peu flippé. D'autant que pour venir, il fallait contacter l'administrateur d'une page Facebook éphémère, puis appeler un numéro que tu as reçu par e-mail il y a quelques heures et qui aboutissait à un message sur répondeur contenant des instructions. Que de mystères ! Ce parfum d'interdit augure d'une soirée folle.

D'habitude, tu préfères t'étourdir de musique chez toi, mais ce soir, Slam est au programme, tu t'en serais voulu de rater ça. Tu as aussi chopé de quoi te faire quelques paras de MDMA (aussi appelée « D » ou « MD » par les jeunes, et « 3,4-méthylènedioxy-N-méthylamphétamine » par sans doute assez peu de monde, si on veut être franc) et tu veux en profiter un maximum. C'est le principe actif de l'ecstasy. À la base, avant de devenir une substance récréative très appréciée des fêtards (particulièrement des amateurs de musique électronique), il s'agit d'un médicament développé au début du XXe siècle par l'armée allemande, dans le but à la fois de déstresser et de stimuler les soldats. Enfin, ça, c'est Marion qui te l'a raconté le jour où elle t'a initié à la chose. Tu te demandes d'ailleurs si la récréation sera la même sans elle.

Il est un peu plus de minuit, il n'y a pas encore grand monde dans la salle. Le set de Slam doit commencer à une heure trente. Pour l'instant, c'est Tolouse Low Trax qui bidouille des sons derrière ses machines, on est dans le truc industriel expérimental à fond, la musique se marie à merveille avec le béton et le métal qui constituent le lieu. Tu vas te prendre une pinte de bière et une bouteille d'eau à l'un des bars (il y en a trois) pendant qu'il n'y a pas encore trop de queue. L'endroit que tu traverses est surprenant. La salle fait la taille d'un terrain de foot, le plafond s'élève à au moins quinze mètres au-dessus de ta tête, les murs de parpaings sont nus et tout semble tenir grâce à une structure de poutres rouillées. Comment le collectif à l'origine de la soirée a-t-il fait pour électrifier tout ça, installer spots, platines et sono ? Là aussi, mystère. La pinte de bière coûte six euros, ça va carrément. Cinq euros la Cristalline, en revanche, ça va plus du tout. À croire que les organisateurs veulent que tu t'hydrates uniquement avec de l'alcool. Tu croises les doigts pour qu'il y ait moyen de remplir ta bouteille gratos dans les lavabos des chiottes au cours de la soirée, la D et l'alcool ne font pas bon ménage, ça aussi c'est Marion qui te l'a dit, mais elle t'a raconté un paquet de conneries alors tu te demandes si cette info est fiable.

Tu squattes un coin pas trop éclairé, tu regardes les gens entrer, principalement des groupes de jeunes, enfin des moins vieux que toi. Des meufs avec des talons de trois kilomètres de haut (ça t'étonnerait qu'elles réussissent à danser pendant plus de cinq minutes, tu te demandes déjà comment elles ont pu arriver jusqu'ici sans se niquer une cheville), des mecs en polo et pull sur les épaules qui doivent s'être trompés d'endroit mais qui ont pourtant l'air assez sûrs d'eux. Des bandes de petits cons et de petites connes qui ricanent, se prennent en photo avec leur téléphone et sont tous chaussés d'Adidas blanches. Il y a aussi de rares trentenaires et quadras qui n'ont pas tout misé sur le look, un peu comme toi avec ton jean, ton tee-shirt blanc et tes Converse défoncées. Tu juges que ceux-là sont venus pour la musique, pas uniquement pour picoler et draguer. Bien qu'au fond de toi, tu saches que tu es quand même un peu là pour draguer, disons pour te mettre dans un état qui pourrait éventuellement aboutir à un contact de muqueuses avec une personne de sexe féminin qui se trouverait dans le même état que toi. La MD fait ça, empathie exacerbée, sentiment d'aimer tout le monde, désinhibition. Ça va te faire du bien d'aimer tout le monde, ça fait un moment que tu n'aimes plus personne. Tu repères quelques filles qui te plaisent mais vu la taille du lieu et les trois mille participants annoncés sur la page Facebook de l'événement, tu te dis qu'il y a peu de chances pour que tu les recroises au cours de la soirée. Tu aviseras le moment venu.

26 mai – 1 h 00

Le set de Slam commence dans trente minutes. La salle est déjà bien remplie, les gens arrivent par les derniers métros. Tu brûles de sortir tes parachutes de ton portefeuille. C'est là que tu les as planqués, pas la cachette du siècle, mais ils ne sont quand même pas trop mal dissimulés derrière ta carte de presse. Tu t'es dit que le mec à l'entrée réfléchirait à deux fois avant de vérifier ce qui se passait derrière une carte au bandeau tricolore. La substance met environ quarante minutes à agir, c'est encore un peu tôt. Il commence à faire super chaud. Les corps se meuvent pour l'instant très mécaniquement, les alcools et les drogues n'ayant pas suffisamment circulé dans les veines à cette heure. Tu t'aperçois que tu penses par défaut que tout le monde ici va finir complètement raide, alors que ce n'est sans doute pas le cas. Tu imagines mal les mecs en polo-pull se mettre une mine. Encore une fois, tu juges. Tout le monde est là pour s'amuser, ça au moins c'est certain, et toi, tu fais ton vieux con. Tu termines ta bière pour te détendre un peu. Puis tu pars en chercher une autre.

Ça y est, changement de set. Tolouse Low Trax envoie d'énormes accords avec une machine 8 bits sur un rythme qui ralentit et les deux compères de Slam s'installent autour de lui. Tu reconnais en arrière-plan sonore les beats d'une Roland TR-909 qui s'incruste pour prendre le relais. Les notes low-fi vont disparaître d'ici à quelques minutes pour céder la place à un déluge de bonne grosse techno. Il est temps de te parachuter. Tu retournes dans ton coin pas super éclairé. Tu sors ton portefeuille et glisses tes doigts derrière ta carte de presse pour choper une des deux petites boules de papier à cigarette annonciatrices d'oubli de soi-même. Tu as un petit instant de frayeur en ne trouvant rien, mais c'est juste que ta planque est trop parfaite. Tu poses le parachute sur ta langue et le fais immédiatement descendre avec trois longues gorgées de bière.

Une fois revenu sur la piste, tu habitues ton corps au rythme de la musique pas encore trop énervée. Tu parcours des yeux la foule des danseurs pour trouver un spot qui réponde à plusieurs critères : assez central pour profiter de tous les sons qui t'arriveront à travers les énormes enceintes, le plus éloigné possible de groupes d'amis qui parlent fort et se selfisent sans arrêt (le plus éloigné possible aussi de ce mec torse nu qui a l'air à fond mais dont tu ne souhaites pas partager la transpiration), et accessoirement pas trop loin d'un groupe de filles qui semblent être venues non accompagnées et dont la différence d'âge avec toi paraît acceptable.

Tu fermes les yeux quelques instants. Ce n'est pas encore ça, mais tu sens qu'il se passe quelque chose. Tu as l'impression que les pores de ta peau s'ouvrent pour laisser pénétrer les ondes sonores. Cette même peau devient plus sensible, le contact de tes vêtements te fait frissonner alors que, paradoxalement, la piste se transforme en fournaise. Tu soulèves tes paupières. De puissants spots multicolores passent régulièrement sur ton visage mais ils ne t'aveuglent pas, tu trouves au contraire ce balayage lumineux super joli. Des fumigènes se déclenchent, plongeant l'assistance dans un brouillard arc-en-ciel. La plupart des gens qui t'entourent se balancent de droite à gauche en hochant la tête, les yeux fermés. Tu prends conscience que tu fais exactement la même chose qu'eux. Ça y est. La montée. Ta sensation de froid se transforme en douce chaleur, comme si tu étais sous ta couette. Des basses profondes et répétitives font vibrer toute la salle et tes pieds décollent du sol en rythme. Tu n'es plus que vibrations et BPM. Tu voudrais ouvrir les yeux pour mater les autres, mais tu ne peux pas, ta volonté te dit que *what the fuck*, pourquoi s'emmerder à regarder les autres quand tu es si bien, tu verras ça plus tard. Tu commences à transpirer sérieusement. Tu entames ta bouteille d'eau et bois deux gorgées. Le rafraîchissement est de courte durée. Tu es bien, tu t'en fous. Un mec te bouscule en se frayant un passage jusqu'à la cabine des DJ. Tu es bien, tu t'en fous. Une petite meuf te dérange en te tapant sur l'épaule pour te demander si tu as un truc à lui vendre. Tu es bien, tu t'en fous. En plus non, tu n'as rien à lui vendre, tu n'es pas Leboncoin. Tu as quand même ouvert les yeux pour lui répondre, mais tu es incapable de jauger si elle est belle ou moche, de déterminer s'il faut ou pas engager une conversation. Tu refermes les yeux. Tu es juste bien, tu t'en fous.

26 mai – 3 h 00

Le plateau. La montée est terminée. Tu es redevenu capable d'ouvrir tes paupières et de te déplacer parmi la foule. Tu ne peux toujours pas t'empêcher de danser, tes pieds bougent tout seuls, ta tête oscille indépendamment de ta volonté. Tes mâchoires sont super crispées mais tu sais que c'est normal et tu prends un chewing-gum pour essayer de les détendre. Un coin de ton cerveau est redevenu conscient et tu repères non loin trois copines semble-t-il célibataires et très, très défoncées elles aussi, tout comme les deux types qui sont déjà en train de tenter une approche. Tu te diriges vers le groupe. Les mecs ne ressemblent à rien. Il y a un petit nerveux et un grand mou, on dirait Nicolas Sarkozy et François Fillon version débauche et en plus jeunes. Ils sont habillés pareil. Adidas blanches à la con, slim noir à la con (qui ne leur va pas du tout, ils ont des gros culs), et tee-shirt blanc que tu qualifierais volontiers de « à la con » aussi, mais tu serais de mauvaise foi, tu en portes un toi-même. Enfin bon, tu as toutes tes chances. Dans les enceintes, c'est un break. Le kick et la basse se sont arrêtés et remontent progressivement à la surface, pendant que le volume de dizaines d'autres pistes augmente lui aussi avant l'explosion finale du morceau. Tu fermes les yeux, encore, car tu sais pertinemment que cette partie de la musique est conçue exprès pour faire remonter ceux qui l'écoutent. Ça fonctionne parfaitement. Pores qui s'ouvrent au max. Poitrine qui se dilate. Paupières figées en position basse. Plus rien à foutre ni des trois meufs ni des deux tocards. Juste le son. La vibration. Qui monte. Qui monte encore. Puis l'explosion. Son à fond. Basses qui font trembler le sol. Lumières qui tournent dans tous les sens. Foule au milieu de tout ça qui devient hystérique, milliers de corps désarticulés, oscillant bras en l'air comme pour monter encore d'un cran. Jusqu'où ?

Un *eye contact* se produit alors avec l'une des trois copines. Tu lui lances un sourire idiot et elle te répond par un sourire idiot aussi. Comme toi, elle ferme souvent les yeux, mais quand vos regards se croisent, vous vous souriez. Bon signe. Après un petit moment de ce manège, tu te décides à balancer ton chewing-gum et à franchir le mètre cinquante qui vous sépare. Tu poses tes mains sur ses hanches. Elle ouvre les yeux, te sourit et les retire (tes mains, pas ses yeux, ce serait vraiment trop répugnant) en faisant non de la tête. Tu es trop défoncé pour penser « Putain, la salope ». Tu recules d'un pas, te disant que ce sera peut-être pour plus tard, qu'elle préfère prendre son temps, qu'elle veut profiter de la musique et qu'une fois qu'elle redescendra un peu, elle se jettera sur toi.

26 mai – 17 h 00

Elle ne s'est pas jetée sur toi. Tu as refait une tentative qui s'est révélée aussi infructueuse que la première. Tu en as eu marre et tu t'es dirigé vers une fille qui semblait elle aussi partie très loin, mais qui ne t'a rien accordé non plus. Ça t'a fait redescendre pour de bon. Tu t'es barré. Cinq heures du matin, c'était presque terminé, de toute façon.

Dans le Uber qui t'a ramené chez toi, tu as trouvé le moyen de penser à Marion et de lui en vouloir. C'était tellement puissant les soirées comme ça, avec elle. Votre amour était décuplé, vos peaux qui se touchaient auraient pu alimenter en électricité la tour Eiffel illuminée. Tu as eu l'impression que si tu vivais cette soirée comme un échec, c'était sa faute. Parce que si elle avait été là, tu n'aurais pas eu à te préoccuper de choper une meuf, tu n'aurais pas eu à essuyer des revers qui t'ont fait redescendre sur terre trop vite. Marion gâchait déjà tes rencontres, ton boulot, maintenant elle gâche même les moments où tu planes ! Putain, globalement elle était super bien, cette soirée, et tu aurais dû ressentir la satisfaction d'avoir réussi à t'évader quelques heures dans une autre galaxie un peu moins pourrie que la tienne. Mais non.

Tu es descendu du Uber. Tes chaussures ont fait « chpouik » quand tu as recommencé à marcher. Tu as revu le sol de la salle à ta sortie, gluant de transpiration condensée, de diverses boissons renversées, peut-être d'autres fluides. Tu as pensé que tu avais bien fait de mettre tes vieilles Converse et que les Adidas immaculées de tes cofêtards ne devaient plus ressembler à grand-chose à l'heure qu'il était. Tu as monté l'escalier, ouvert ta porte, décidé de ne pas prendre de douche, craché des lambeaux de chewing-gum dans la poubelle de la cuisine, enlevé tes fringues moites et tu t'es glissé dans ton lit. Tu t'es dit que le grand amour, c'était pas encore pour cette fois, et que tu étais trop con de le chercher. Puis plus rien.

12 juin – 21 h 00

Morne journée. Seul truc notable en sortant du taf, le mec le plus imposant du monde est entré dans le métro à la station Miromesnil. Deux mètres de haut, cent cinquante kilos. Au moins. Évidemment, il s'est assis sur le strapontin à côté de toi. Il prenait toute la place. Tu t'es dit que ce serait vexant pour lui si tu allais t'asseoir ailleurs, que s'il voulait te taper pour faire passer sa vexation, tu n'aurais clairement pas le dessus. Mais tu étais là en premier, ça aurait été un aveu de faiblesse de te lever. Tu as donc parcouru quelques stations sur une moitié de fesse. Tu as dû avoir l'air un peu con mais ton honneur est sauf, c'est lui qui a fini par aller s'asseoir ailleurs. Tu ne sais pas si tu dois ça à tes hochements de tête calés sur le son de tes écouteurs (tu écoutais Françoise Hardy, tes hochements étaient assez limités) ou à la piètre qualité de ton déodorant (d'autant que c'était la fin de la bouteille, ce matin). Dans tous les cas, cette petite sensation d'avoir eu le dessus n'est pas désagréable du tout, tu aimerais bien que ça t'arrive plus souvent.

16 juin – 08 h 00

Ce matin, tu te réveilles en forme, suffisamment pour que tu te fasses la remarque. Même si on est dimanche, tu vas en profiter pour mettre la dernière touche à ton dossier sur Green Day, parce que ta semaine n'a pas été ultra productive et que ce serait pas mal que tu rattrapes un peu le temps perdu.

Tu es mort de faim et tes placards sont vides. Tu enfiles tes vêtements de la veille malgré les effluves de sueur et de clope qui s'en dégagent pour descendre à la boulangerie du coin de la rue. C'est l'occasion. Tu ne l'as pas fait depuis un bon moment parce que tu as la flemme de te taper les cinq étages au saut du lit, mais aujourd'hui tu as vraiment trop la dalle.

Quasi personne sur les trottoirs à cette heure encore matinale, à part les éboueurs qui font bruyamment leur tournée, c'est pas bon pour la grasse mat' du voisinage mais tu conçois que c'est plus pratique pour eux de bosser quand les rues sont désertes. Tu croises quand même un couple qui rentre de soirée, Ray-Ban Wayfarer sur le nez, démarche incertaine et voix un peu trop fortes, et une petite dame poussiéreuse que tu vois régulièrement promener son caniche gris et famélique dans le quartier. Devant l'entrée de la Farandole des Pains, un vieux (dont tu te dis qu'il devrait déjà être à la retraite si le monde était bien foutu) distribue un journal gratuit, tu ignorais qu'il en sortait aussi le dimanche. Tu saisis l'exemplaire qu'il te tend histoire d'avoir de quoi patienter dans la file d'attente car tu n'es pas le seul à avoir eu le courage d'aller acheter des viennoiseries ce matin.

Pendant que les vieilles qui te précèdent explorent les tréfonds de leur porte-monnaie pour tenter de faire l'appoint avec des pièces de un centime – les connasses –, tu ouvres le journal en commençant par la fin. Pas par goût, mais parce que tu es gaucher et que c'est un truc que les gauchers font, on ne peut pas comprendre si on n'est pas gaucher.

Météo. Ensoleillé et pas trop froid à Paris, climat favorable pour bosser un peu.

Programme télé. Que de la merde en branche et de toute façon tu n'as pas la télé.

Horoscope. « Vous tournez au ralenti et avez l'impression d'être inutile. » *Damned*…

— Ce sera quoi ? te demande tout à coup une voix.

— Euh… Deux croissants s'il vous plaît, réponds-tu, un peu assommé par tes prévisions astrologiques.

— Au beurre ou ordinaires ?

Tu les choisis à ton image. Ordinaires. Les cinq étages vont être rudes. Tu irais bien te recoucher, finalement.

16 juin – 08 h 15

Tu remontes chez toi. Tu poses ton sachet de croissants sur la table du salon et tu vas te préparer un café dans la cuisine. Il faudrait que tu détartres la bouilloire parce que l'eau met des plombes à chauffer, mais après ton café aura un arrière-goût de vinaigre blanc pendant une bonne semaine même si tu rinces à fond, alors tu vas attendre encore un peu.

Tu apportes ta tasse fumante dans le salon et t'installes sur une chaise à côté de la fenêtre. Les rayons du soleil t'éblouissent. Flash-back. Marion qui vient s'installer à côté de toi à la table du petit déj'. C'était il y a quelques semaines mais tu as l'impression qu'un siècle s'est écoulé. Vous venez de baiser en vous réveillant, elle a pris une douche pendant que tu descendais à la boulangerie en sentant le sexe à trois kilomètres. Son peignoir bleu un peu élimé s'ouvre quand elle s'assoit, elle est toute nue en dessous, tu aperçois sa chatte épilée. Vous mettez au point votre programme de la journée en détachant des morceaux de croissant qui foutent des miettes partout. Tu suggères d'aller voir la nouvelle expo de la Fondation Cartier puis de bouffer un truc rue Daguerre dans la foulée, mais Marion n'aime pas le XIVe arrondissement, sans déconner, y a rien dans le XIVe arrondissement, puis ça fait super long en métro, puis elle est crevée, elle n'aurait pas dû boire à elle toute seule la quasi-totalité de la bouteille de vin hier soir, tu ne voudrais pas plutôt faire un truc dans le XIe ? Bah, dans le XIVe, pourtant, il y a quand même la Fondation Cartier et la rue Daguerre, et puis c'est pas grave si c'est loin, vous pouvez prendre un Uber, ou même un Vélib, il fait hyperbeau, vous allez quand même pas rester cloîtrés par ce temps, en plus, le soleil, c'est super pour dégriser. Tu croques dans ton second croissant. Non content d'être déjà super pour dégriser, le soleil illumine les courts cheveux bruns de Marion. Elle est totalement angélique, à demi nue et ainsi éclairée, putain tout ton corps se met à vibrer, qu'est-ce que tu l'aimes, cette meuf. Non, ça te fait un peu chier d'aller dans le XIe, vous y êtes tout le temps et il y a dix jours, alors que vous marchiez boulevard Voltaire, elle s'est détournée d'un seul coup car elle venait d'apercevoir l'Ex attablé à une terrasse avec des amis qu'elle connaissait. Il avait l'air de passer un bon moment, ça a chagriné Marion. Tu t'es demandé si ça l'emmerdait parce que c'est toujours un peu pénible de recroiser son ex par hasard ou parce qu'elle aurait bien aimé être attablée avec eux plutôt que de déambuler avec toi, mais tu l'as juste consolée en la serrant contre toi et en l'embrassant longuement au creux de l'épaule. Tu adores l'odeur et la chaleur du creux de son épaule.

La table est jonchée de miettes luisantes. Un morceau de croissant subsiste.

— Tu veux encore quelque chose ? t'enquiers-tu.

— Oui, ta bite.

Marion se lève, fait glisser son peignoir sur le sol et va s'allonger sur le canapé. Ce n'est pas aujourd'hui que tu verras ton expo.

17 juin – 20 h 15

Tu t'es donné pour but de choper le maximum de numéros de téléphone de tes matches sur Tinder. Tu as remarqué que chaque fois que tu saisis un nouveau numéro dans ton répertoire, Facebook l'indiscret va y fouiller et te suggère quelques heures plus tard d'ajouter comme amie le profil qui correspond à ce numéro de téléphone. Certes, ce n'est pas hyperréglo au niveau de la confidentialité des données personnelles, mais c'est très pratique pour accéder à de nouvelles photos des filles avec qui tu es en contact virtuel, ainsi que souvent à des infos qui rendent ces contacts un peu plus réels. Et généralement un peu plus décevants aussi, il faut bien le dire.

19 juin - 22 h 00

Enfin rentré ! Ouf ! Tu n'as plus l'habitude, ton relâchement au niveau des horaires de boulot ne s'arrange pas, tu as conscience que ça craint mais le seul endroit au monde où ton cerveau ne tourne pas trop en rond autour de Marion, c'est sur ton canapé rouge, votre canapé rouge, téléphone en main.

Mais aujourd'hui, il est quoi ? Vingt-deux heures ? Tu reviens d'Asnières, où Warner avait organisé une écoute en avant-première du prochain album de Muse dans une salle secrète. Muse, t'es pas fan. Tu les considères comme des sous-Radiohead, la pire imposture musicale des années 2000. Tu te demandes si Jean-Christophe, qui est parfaitement au courant de ton point de vue, ne t'y a pas envoyé exprès pour t'emmerder et t'obliger à bosser un peu plus tard (ça commençait à seize heures, l'album dure une heure trente, une présentation avant, un débrief après, c'était un coup à finir le taf à une heure indécente pour toi).

Les écoutes, c'est toujours un peu pénible. L'artiste ne se déplace pratiquement jamais, ça arrive, mais là tu doutais que Muse ait fait le trajet jusqu'à Asnières pour l'occasion. On se retrouve entre journalistes, assis comme si on était en classe dans une salle pourvue d'un bon système de sonorisation, et on écoute (d'où le nom de l'événement) en prenant des notes, interdit d'enregistrer, si on déconne on se grille avec la maison de disques.

Même si l'album était formaté et que tu as trouvé que certains titres étaient, comme d'habitude, clairement pompés sur Radiohead, tu as relevé pas mal d'éléments qui pourront faire un bon papier. Ce que tu n'avais pas anticipé, c'était la nouvelle attachée de presse qui t'a abordé à la fin de la séance.

— Bonjour, je suis Anna de la maison de disques, tu travailles pour quel support ? (Quand on est attaché de presse, on ne dit pas « magazine », « chaîne » ou « radio », on dit « support ».)

— Enchanté, Anna de la maison de disques, je suis Melchior de *Rock&Stone*, le support qui doit me supporter, lui réponds-tu, jamais avare d'un trait d'esprit.

Anna est une petite blonde assez jolie, qui ressemble à l'assistante d'un détective privé américain des années cinquante, longue chevelure, tailleur moulant et escarpins. Escarpins sur lesquels elle s'est dressée pour te parler à l'oreille.

— Ça t'intéresse si je te montre quelque chose d'ultra confidentiel, Melchior de *Rock&Stone* ?

Elle a piqué ta curiosité. Jean-Christophe serait sur le cul si tu lui ramenais un scoop.

— Tu m'étonnes ! as-tu sauté sur l'occasion.

— Suis-moi…

Anna t'a guidé jusqu'à une porte au fond de la salle qui donnait sur un local technique où était branché tout un bordel de câbles et de boîtiers lumineux. Elle s'est approchée d'une table pas trop encombrée et y a déposé un petit miroir sur lequel elle a entrepris de préparer avec sa carte bleue deux lignes d'une poudre blanche qu'elle a sortie de son pendentif. « Un pendentif range-cocaïne, c'est ingénieux », as-tu pensé.

— Tu en veux ? a-t-elle proposé en te tendant un morceau de paille en plastique.

— Volontiers, as-tu acquiescé avant de sniffer une des deux lignes.

Ton cœur a accéléré immédiatement, tu as eu l'impression que tu voyais tout plus net, surtout le cul d'Anna serré dans sa jupe pendant qu'elle se penchait pour sniffer à son tour.

— Alors, ce que je voulais te montrer..., a-t-elle poursuivi en s'agenouillant pour défaire ta braguette.

Entre Muse et Anna de la maison de disques, une soirée sur le thème du pompage, t'es-tu réjoui.

25 juin – 20 h 30

Vibration. « Vous avez un nouveau match ! » Tu commences à être habitué. Ce à quoi tu n'es pas habitué, en revanche, c'est que ce match concerne une fille pour laquelle tu avais croisé les doigts en la faisant glisser vers la droite (pas facile, d'ailleurs, d'utiliser un écran tactile les doigts croisés) en priant pour que le like soit réciproque.

Maintenant qu'il l'est, il te faut jouer avec délicatesse. Tu commences à avoir une technique d'approche qui tient assez bien la route, ça devrait aller, c'est si tu te mets la pression que tu vas tout faire foirer, sois naturel. Elle s'appelle Cynthia, ce qui est un peu la honte. Tu préjuges qu'elle est issue d'un milieu peu favorisé intellectuellement (à l'instar de ses camarades d'infortune masculins, Kevin et Dylan), et qu'elle n'est pas de droite (Cynthia pointant à la quatre mille trois cent quarante-huitième position dans le classement des prénoms les plus donnés dans le carnet du *Figaro*), ce qui va pourtant souvent de pair.

Longs cheveux blonds, large sourire dévoilant de jolies dents, gros seins (mais tu t'en fous, tu aimes bien les petits seins aussi), regard qu'un écrivain peu inspiré qualifierait de « pétillant », le minimum requis pour qu'une fille te plaise. Mais là, en plus, il se passe quelque chose d'indéfinissable quand tu regardes ses photos, comme si tu la connaissais déjà, comme si l'Univers te tapait sur l'épaule pour te dire vas-y, putain, c'est la bonne !

Tu fais taire Marylin Manson d'une pression sur le bouton off de ta platine CD (oui, tu fais partie des rares personnes qui ont encore une platine CD aujourd'hui, et oui, tu étais en train d'écouter *I Don't Like The Drugs But The Drugs Like Me* en hommage à ta soirée avec Anna.

Le match date d'il y a déjà quelques heures, donc il ne faut pas trop traîner. Tu te lances.

« Bonsoir Cynthia ! »

Simple. Efficace, tu ne le sais pas encore. Trop simple, peut-être, finalement. Il te faut compléter. Sur son profil, elle dit apprécier la littérature russe. Une Cynthia amatrice de Dostoïevski, on aura tout vu. C'est par Tolstoï que tu décides de te faire aider.

« Le fait que tu apprécies la littérature russe signifie-t-il que tu aimes les mecs guère épais ? »

Tu espères la faire rire mais l'humour est un peu à double tranchant, tout le monde n'en a pas, contrairement à toi. Cela dit, comme tu supposes qu'elle n'est pas de droite, elle doit en avoir au moins un peu. Tu verras bien. Tu relances Marylin.

25 juin – 20 h 40

Vibration. « Cynthia vous a envoyé un message. » Ça y est, le grand saut.

« Hello Melchior ! Ça va ? Désolée de ne répondre que maintenant, j'étais en train de manger une poutine »

Pas mal, dis donc, elle se débrouille fort bien en vannes, la petite ! Deux bonnes nouvelles d'un coup (elle a de l'humour et surtout elle t'a répondu). Tu notes son non-emploi du point en fin de phrase et te promets de faire gaffe à n'utiliser aucune ponctuation qui ne serait pas conforme aux règles en vigueur sur les réseaux sociaux, bien que ces règles soient toujours assez brumeuses pour toi.

Tu te laisses le temps de la réflexion avant de répondre. Ce match te rend primesautier (tu hésites à lui rétorquer que tu viens d'aller demander de l'aide à ton voisin pour faire une lessive à la main et qu'il t'a dit « V'là du Mir ! », mais non, ce serait trop). Tu comptes le nombre de fois où tu as dragué avec l'arme de l'humour et as échoué devant des « Je te considère juste comme un super ami », et tu es loin d'avoir suffisamment de doigts. Donc retour obligatoire au prosaïsme avec Cynthia.

« Excellent ! (La vanne, et la poutine aussi.) Moi je suis davantage british, en ce moment *[genre tout le reste du temps, tu lis des bouquins russes]*. Nick Hornby, par exemple, tu connais ? »

La réponse t'arrive après les quelques minutes réglementaires, qui ne servent au bout du compte à rien du tout puisque tout le monde les utilise et que, par conséquent, personne n'est dupe.

« Pas bien, c'est pour ça que je traîne sur une application où les gens ne sont souvent pas de haute fidélité. »

Tu te dis qu'elle a mis à profit les sacro-saintes minutes pour checker la bibliographie de Nick Hornby sur Google, mais qu'importe, l'effort vannesque n'est pas pour te déplaire. Elle renchérit :

« Tu ne veux pas m'en dire plus autour d'un verre ? »

Eh bien, Cynthia ne perd pas de temps. Est-ce dans le but d'enchaîner les conquêtes avec rapidité ou de trouver plus vite l'âme sœur ? Tu n'en sais rien, mais tu comptes bien le découvrir. Vous prenez date.

30 juin – 11 h 30

Tu as le réveil pâteux. Ta tête tourne, ta bouche est sèche, une odeur âcre émane de ton corps et de tes draps.

Tu te lèves néanmoins, tu enfiles un tee-shirt qui traîne par terre et tu te diriges vers la cuisine. Tu renverses plein d'eau à côté de la bouilloire et plein de café à côté de ta tasse. Tu n'as franchement pas les trous en face du cerveau. Non… les yeux en face des trous… Enfin, putain, ça ne va pas. Pendant que le café passe, tu lances un vinyle sur ta platine (oui, tu fais partie de tous ces gens qui ont une platine vinyle, mais toi, ça ne date pas d'aujourd'hui). Noir Désir. L'album *Tostaky*. Les premières notes de *Here It Comes Slowly* montent à travers les enceintes. Titre prédestiné, c'est vrai que tout t'arrive très lentement, aujourd'hui. Tu te remémores la soirée de la veille qui t'a mis dans cet état.

Tu avais rendez-vous avec Cynthia rue de Ménilmontant, dans un bar de bobos à la con sur le thème des *Temps modernes*, avec une déco à base d'engrenages rouillés. Tu t'es demandé en entrant si tu étais bien à jour de ton vaccin contre le tétanos. Le seul alcool disponible était une bière artisanale dont la version brune que tu as commandée n'était franchement pas terrible, rien ne détrônera jamais la Guinness à tes yeux. Cynthia était une habituée de l'endroit qu'elle appréciait, t'a-t-elle expliqué, pour sa carte de jus de fruits exotiques dont tu n'avais jamais entendu les noms, ou encore son burger à l'avocat, dans lequel la viande hachée est remplacée par… oui, de l'avocat. Une idée déconcertante que tu n'as pas souhaité expérimenter, vous n'aviez faim ni l'un ni l'autre, c'était très bien comme ça.

Cynthia s'était révélée plus jolie que sur ses photos. Pas ton style à cent pour cent, parce qu'un peu boulotte (pas dans le sens désagréable du terme, plutôt dans le style appétissant) et que tu es un connard de mâle standard qui préfère les meufs ultra gaulées. D'ailleurs, tu dis « connard », mais c'est juste pour faire plaisir aux féministes, parce que tu sais parfaitement que tous les mâles standards préfèrent les filles bien gaulées et que ceux qui affirment le contraire sont des menteurs, des hypocrites ou des lopettes qui se sont laissé monter la tête par le politiquement correct de tes couilles. Enfin bon, Cynthia restait quand même tout à fait baisable.

Cerise sur le gâteau, elle était beaucoup plus futée que ne te l'avait laissé supposer son prénom d'héroïne de *soap opera* amerloque à l'ancienne. Vous avez donc passé un agréable moment, commandant force jus de tamarin blanc du Sechuan et bières noires du XXe arrondissement aux serveurs à moustache et casquette d'ouvrier qui n'avaient jamais dû voir une usine de leur vie.

Cynthia habitait juste à côté et vous êtes ensuite montés chez elle pour un dernier verre, enfin une dernière tasse d'un thé prétendument exceptionnel qu'une copine lui avait rapporté du Sri Lanka et dont les feuilles, avant d'être séchées, sont frottées sur le torse de moines bouddhistes, un truc comme ça, tu ne te souviens pas exactement, tu n'es même pas sûr qu'il y ait des moines bouddhistes au Sri Lanka.

Tu l'as suivie dans son deux-pièces pas bien grand, meublé chez Ikea, décoré d'affiches et de bibelots *new age*, puis tu as pris place dans le canapé pendant qu'elle préparait le breuvage, peaufinant mentalement ta stratégie pour au moins l'embrasser et plus si affinités (coucher avec elle, en gros). Stratégie que tu n'as même pas eu l'opportunité de mettre en place. Après qu'elle a apprécié sa tasse de thé et que tu as fait semblant d'apprécier la tienne (le torse de moine bouddhiste donne un arrière-goût désagréable, selon toi), Cynthia t'a annoncé :

— Bon, Melchior, j'ai pas besoin d'un mec dans ma vie en ce moment mais j'ai très envie qu'on baise. Comme je vois bien que toi aussi (tu ne trompes personne avec ton air pseudo-effarouché), je me suis permis de mettre un peu de GHB dans ton thé. Rassure-toi, j'en ai mis dans le mien aussi, je sais pas si tu connais, tu vas voir, ça agit en vingt minutes et le sexe va être trop génial !

À l'occasion de la discussion qui s'ensuivit pour meubler ces vingt minutes, tu as appris que le GHB, loin de n'être que la « drogue du violeur » qui annihile toute volonté et efface les souvenirs (comme on l'entend régulièrement dans les séries télévisées et sur CNews), est surtout un puissant désinhibant et un aphrodisiaque particulièrement efficace. Et qu'en réalité, on se souvient de tout. Enfin de la plupart des trucs. Effectivement, tu as commencé à sentir quelque chose monter, comme si tu devenais complètement saoul, mais sans boire. Puis tu t'es mis à bander comme jamais rien qu'en fixant les pieds nus de Cynthia. Puis elle s'est approchée de toi et a proposé de te mettre à l'aise.

Non, tu ne te souviens pas de tout. La description que Cynthia t'a faite des effets du GHB sur la mémoire était sans doute un peu trop idyllique. En revanche, d'après les flashs qui te restent en tête, elle n'avait pas menti sur le côté aphrodisiaque. Vous avez exploré la plupart des possibilités offertes à deux adultes nus et excités, avec un entrain que tu avais rarement connu jusque-là. Une sorte de séance de fitness façon Youporn qui vous aurait valu la peine de mort dans certains pays du globe. Tu te rappelles aussi que le mobilier Ikea est d'une robustesse à laquelle tu ne t'attendais pas. Tu te souviens enfin que Cynthia t'a gentiment mis dehors vers deux heures du matin en prétextant une importante réunion matinale à son travail, ce dont tu ne lui as pas tenu rigueur, car une fois les effets de la drogue dissipés, tu tombais de sommeil et n'avais qu'un quart d'heure de marche pour rentrer chez toi.

En revanche, ce matin, la descente est rude. *Tostaky* continue de tourner sur ta platine, entonnant le titre éponyme. Cynthia t'a prévenu quand tu partais que tu ne la reverrais pas. Tu n'es pas traumatisé à l'idée de ne pas nouer une relation suivie avec une fille potelée qui drogue les garçons pour abuser d'eux (même si tu en as bien profité et que ce serait con de cracher dans la soupe), mais tu te dis, comme à chaque fois, que c'est encore une occasion manquée de raviver ces feux d'artifice et ces torrents d'hormones au souvenir desquels tu t'accroches. Tu te dis aussi que tu te retrouves encore seul sur ton canapé ce matin pendant que cette pute de Marion doit être en train de prendre son petit déj' avec l'autre connard, en le regardant comme elle te regardait il y a encore pas si longtemps. Tu en as tellement marre de te retrouver tout seul sur ton canapé, les dimanches matin. Bertrand Cantat, dont la voix s'immisce jusqu'à ton cerveau, se pose la même question que toi : « Combien à attendre ? Encore combien à attendre ? »

4

YOU'RE CRAZY

Guns N' Roses, 1987

4 juillet – 14 h 30

Ça fait trois mois que Marion est partie. Elle te manque toujours autant. Tu l'aimes toujours autant. Et tu as toujours autant envie de chialer quand tu penses à vous deux, à ce que vous avez vécu, à ce que vous auriez dû vivre. Tu en as pourtant rencontré, des filles, depuis trois mois. Des belles, des moches, des jeunes, des moins jeunes. Il y a toujours quelque chose qui ne va pas. Un détail physique. Un trait de caractère. Une voix désagréable. En fait, tu sais très bien au fond de toi qu'elles partagent toutes le même défaut. Un truc rédhibitoire. Elles ne sont pas Marion. Tu comprends que tant que tu seras aussi éperdument amoureux de Marion, tu ne pourras pas avancer. Alors c'est quoi, la solution ? Comment est-ce qu'on détombe amoureux ?

Tu fais le point. Pourquoi est-ce que tu es encore amoureux d'elle ? Tu as toutes les raisons de la détester, après ce qu'elle t'a fait, après ce qu'elle te fait encore, l'air de rien, sans s'en rendre compte. Tu la vois se pavaner sur Facebook, t'étaler son bonheur à la figure par écran interposé. La semaine dernière, elle a mis une nouvelle photo de profil, encore. Cette fois-ci, une photo de vous deux, à l'origine, qu'elle a recadrée sur son joli visage. Tu as eu l'impression qu'on te poignardait le cœur en l'imaginant sélectionner la moitié de l'image sur laquelle tu figurais et cliquer sur « Supprimer ». Elle devait bien se douter que tu allais tomber dessus, étant donné que tu n'as masochistement pas eu le courage de la virer de ta liste d'amis. Tu lui as envoyé un texto. « T'es vraiment trop conne. » Elle n'en a rien eu à foutre. « Détends-toi ! » t'a-t-elle répondu.

Oui, tu as toutes les raisons de la détester. Elle est immature, égoïste, égocentrique, toujours à privilégier la facilité, toujours à ne penser qu'à sa petite gueule. Putain mais tu l'aimes, sa petite gueule. Toi aussi, tu ne penses qu'à sa petite gueule, ça vous fait un point commun qui subsiste. Tu penses à ses cheveux bruns, sa coupe à la garçonne, son grain de beauté dans la nuque. Si Marion sonnait maintenant à ta porte, sa valise à la main, en te demandant si tu l'aimes encore assez pour reprendre votre relation là où elle l'a piétinée, tu serais le plus heureux des hommes. Tu l'imagines souvent, ce moment, quand tu rentres chez toi. Tu te vois monter tes cinq étages et la trouver sur ton palier. Oui, tu l'aimes encore assez, cette sale égoïste, cette immature à la con. Ouais, tu l'aimes comme au premier jour. Mais il va bien falloir que ça change, bordel !

5 juillet – 19 h 00

C'est décidé, tu te lances dans le désamour de Marion. Tu es trop malheureux, ça t'empêche d'avancer, et comme tu vois que tu n'avances pas, tu es encore plus malheureux. C'est un cercle vicieux. Il faut que tu trouves la solution pour le briser.

Hier soir, tu as pensé à l'hypnose. Si les gens peuvent arrêter de fumer quasi du jour au lendemain au bout de trois séances, pourquoi est-ce que ça ne pourrait pas te désintoxiquer, toi aussi ? Tu as appelé Gilbert, un ami journaliste de Céline qui pige pour un magazine de psycho, en te disant qu'il aurait bien une idée sur la question. Il s'est bien foutu de toi.

— Espèce de grosse feignasse, si on pouvait dissiper les chagrins d'amour en trois séances d'hypnose, ça se saurait, non ? Travaille un peu sur toi ! Bouge-toi, pense à autre chose et ne reste pas à te morfondre ! Tu penses que les gens ont envie d'aller vers quelqu'un qui a tout le temps l'air au trente-sixième dessous ? Non ! Alors au lieu de ne penser qu'à ce que tu as perdu, pense plutôt à ce que tu pourrais y gagner. Fais bonne figure, amuse-toi, fais des choses pour toi et tu verras qu'il va se passer des trucs dont tu n'as pas idée. Mais pour ça, il faut que tu sortes de chez toi, mon gars.

Ouais, facile à dire. Tu aimerais bien qu'il t'arrive des trucs dont tu n'as pas idée. Parce que niveau idées, là, ça fait des mois que tu n'en as qu'une, bien fixe, et elle ne te fait pas du bien. Comment tu vas faire pour travailler sur toi ? C'est quelque chose qui ne s'improvise pas, non ? Toutes ces réflexions de Gilbert t'ont un peu agacé, il t'a donné l'impression de sous-estimer ce qui t'arrive, de rabaisser ta souffrance. Et puis merde, tu le connais à peine ce type ! D'où il se permet de te sortir une tirade pareille ? Quel connard. Tu n'as pas envie de le rappeler pour lui demander de te recommander quelqu'un qui pourrait te venir en aide. De toute façon, il t'a conseillé de te prendre en main, non ? Alors tu vas gérer ça tout seul. Tu lances l'application Pages jaunes, dont l'icône jouxte ironiquement celle de Tinder sur le menu de ton téléphone, et tapes « Psy » et « Paris » dans le champ qui s'offre à toi.

16 juillet – 15 h 55

Tu sors du métro. Tu n'aimes pas trop le quartier Daumesnil. Tu t'es toujours demandé pourquoi la densité d'opticiens au mètre carré y est aussi effarante. Tu te promets de vérifier sur Wikipédia dès ton retour chez toi. Le cabinet du docteur Hérisson est situé dans une rue plutôt cossue, ce qui est bien la moindre des choses étant donné que tu t'apprêtes à claquer quatre-vingts balles pour quarante-cinq minutes de parlote. Vu l'état de tes finances, ça pique un peu, mais rien de plus normal pour un hérisson. Ou plutôt pour une hérissonne, le docteur Hérisson est une femme. Tu t'interroges. Le féminin du mot « hérisson » existe-t-il ? Ne dit-on pas plutôt un hérisson femelle, ou une femelle hérisson ? La liste des trucs que tu dois checker sur Wikipédia vient de s'allonger.

Tu dis « docteur » Hérisson, mais c'est surtout par respect pour les professions médicales. Mme Hérisson n'est pas du tout docteur. Ou doctoresse ? Elle n'est même pas vraiment psy, d'ailleurs. Elle est « thérapeute ». Tu sais que pour devenir « thérapeute », il suffit d'avoir lu deux ou trois livres de Laurent Gounelle et commandé les cent cartes de visite gratuites (hors cinq euros quatre-vingt-dix de frais de port, livraison possible à domicile ou en Point Relais) sur Vistaprint. Tu regrettes un peu de l'avoir choisie uniquement à cause de son patronyme rigolo.

La hérissonne t'a prié de ne pas sonner à son interphone avant l'heure de ton rendez-vous, soit seize heures, pour éviter de croiser son patient précédent, a-t-elle précisé. N'ayant prêté aucun serment d'Hippocrate, elle n'est sans doute pas sujette à des clauses de confidentialité aussi strictes que ses confrères vraiment diplômés et devrait s'en foutre comme de son premier accord toltèque. Cela dit, tu comprends. Tu n'as pas vraiment envie non plus de croiser un camarade de déprime dans l'escalier (elle est au premier étage, tu ne comptes pas prendre l'ascenseur). *Une* camarade de déprime, à la rigueur. Une jolie dépressive aux yeux délavés par un trop-plein de larmes, à la peau pâle et à la maigreur de celle qui se nourrit exclusivement de soupe en sachet et de thé, en sachet aussi, c'est rapide à préparer, on n'a pas besoin de mettre le couvert ni de quitter des yeux la série humoristico-sentimentale qu'on a lancée sur l'ordinateur portable et qui déprime encore davantage car les gens drôles et heureux en amour c'est très agaçant, finalement. Seize heures. Tu sonnes.

Tu ne croises personne dans l'escalier. La porte de gauche du premier étage est entrouverte. Une femme d'une cinquantaine d'années t'accueille, grande et maigre, vêtue dans le style hippie chic. Son « Bonjour, Melchior, comment allez-vous ? », en plus de te paraître débile puisque si tu allais bien tu ne serais pas là, est prononcé sur un ton exagérément bienveillant, derrière lequel tu crois deviner une pointe d'hystérie. C'est déroutant. On dirait que la thérapeute joue à faire semblant de ne pas être folle à lier. Dans la pièce où elle consulte se trouvent deux fauteuils disposés face à face dans lesquels vous vous installez. Il y a aussi des bouquins de psycho et de développement personnel rangés dans des bibliothèques Billy d'Ikea ou empilés par terre. Un bâtonnet d'encens se consume quelque part, ça ne sent pas très bon.

Tu lui résumes la situation de façon très factuelle. Tu n'as pas encore l'envie ni l'habitude de te confier et tu penses que rester factuel t'évitera de chialer. Tu racontes ton coup de foudre réciproque avec Marion, à quel point vous vous êtes aimés, à quel point c'était cool de baiser avec elle, ta tombée des nues à l'annonce de son départ, comment tu n'as plus goût à rien, comment tu as l'impression que sans elle ta vie est terminée, comment le simple fait de penser à elle t'empêche de bosser, d'être ouvert à d'autres rencontres, bref, comment tu veux te sortir Marion de la tête pour voguer à nouveau en toute sérénité sur le grand océan de la vie. Finalement, c'est pas mal, pour quelqu'un qui ne voulait pas se confier. Tu n'as pas dû rester super factuel parce que tu as une sacrée boule dans la gorge et les yeux humides. À moins que ce ne soit le bâtonnet d'encens qui t'irrite.

— Vous savez, commence la thérapeute une fois ton récit achevé, dans « pardon », il y a « par » et il y a « don ».

— Et donc ? demandes-tu, espérant que cette affirmation dissimule une extraordinaire leçon de vie et ne soit pas simplement un cours de lecture de CP utilisant la méthode syllabique.

— Et donc, il faut en premier lieu que vous pardonniez à Marion, et ce pardon viendra « par le don », car il vous faudra donner beaucoup de vous-même pour réussir à pardonner.

C'est la deuxième phrase qu'elle prononce, tu es déjà complètement largué. Tu ne veux pas du tout pardonner à Marion, expliques-tu, c'est juste une grosse salope qui t'a quitté comme une merde (ta rancœur te fait devenir vulgaire) alors que tu étais follement amoureux d'elle, et le pardon, c'est juste un concept catho à la con qu'on utilise pour se voiler la face sur sa médiocrité quand on se fait marcher sur les pieds.

— Mmm, répond la hérissonne, je vous ai dit une bêtise. En premier lieu, il va surtout falloir que vous vous pardonniez à vous-même.

— Me pardonner de quoi, j'ai rien fait de mal, non ?

— Vous vous en voulez qu'elle vous ait quitté, vous vous en voulez de ne pas l'avoir retenue, vous vous en voulez de ne pas pouvoir reprendre le cours de votre vie sans elle.

— Bah non, c'est plutôt à cette connasse que j'en veux.

— Non, c'est à vous-même.

— Ah…

Non, décidément, tu ne comprends que dalle à cette histoire de pardon. Tu espères que la discussion va glisser sur autre chose.

— Bon, passons à autre chose, annonce la thérapeute qui est donc possiblement télépathe. Vous avez tout à l'heure qualifié Marion de « grosse salope »...

— Euh... effectivement, conviens-tu.

— Vous rendez-vous compte que dans « salope », il y a « sale » et « hop » ?

« Oh non, putain, elle recommence avec sa méthode syllabique ! » angoisses-tu. Tu te demandes néanmoins où elle veut en venir. Face à ton expression pensive, elle reprend :

— « Sale », c'est ce que vous pensez de vous-même. Marion a sali votre fierté, votre estime, votre orgueil. Vous vous sentez sali et tant que vous porterez cette salissure, vous n'arriverez pas à refaire surface. Alors « hop », vous devez vous faire violence pour réagir et retrouver votre dignité bafouée. Hop, Melchior ! Hop !

La hérissonne parle super fort. Tu avais bien repéré son hystérie sous-jacente. Son regard est quasi halluciné. Tu n'as rien compris à ce qu'elle raconte mais tu estimes que ce n'est pas le moment de la contredire. Tu ne la contredis pas non plus quand elle te propose un nouveau rendez-vous la semaine suivante. Le cœur moins léger que tu ne l'espérais, tu redescends l'escalier. Tu ne croises personne.

18 juillet – 16 h 00

Ça y est, Charlotte apparaît dans tes suggestions d'amis Facebook. Tu cliques sur son profil et ouvres de grands yeux étonnés. Diantre, si tu en crois ce selfie pris lors d'un meeting de Xavier Bertrand, Charlotte est de droite. Pour une fois, tu t'en fous. C'est super excitant, la perspective de baiser une petite meuf de droite.

20 juillet – 07 h 30

Quelle conne ! Elle a supprimé ton commentaire. Tu étais pourtant assez fier de toi, hier soir, quand tu as rédigé un truc à base de Mimie Mathy sous le dernier post Facebook de Marion où elle se vantait de tout réussir d'un claquement de doigts. Tu avais trouvé ça super spirituel, tu étais convaincu que ça allait la faire marrer, mais là, suppression pure et simple, alors que des commentaires bien plus nazes que le tien subsistent. Tu te ressers un café pour te calmer.

Trois hypothèses.

Elle a peur que son mec te repère et se fasse des idées. Un peu comme quand vous ne sortiez pas encore ensemble mais que vous saviez qu'il allait se passer quelque chose. Chacun de vos posts Facebook avait une apparence anodine mais contenait un double sens que seuls Marion et toi, alors devenus « amis », pouviez décrypter. C'était super romantique. Son mec a fini par le découvrir – trop tard – et tu es sûr que s'il tombait sur ta tronche en épluchant le profil de Marion, il se poserait des questions. Ça te réjouit d'imaginer que son mec puisse penser que tu représentes encore un danger.

Ça te réjouit encore davantage que Marion flippe à cause de ça. Si elle pense que son mec est jaloux de toi, c'est qu'il a peut-être une bonne raison de l'être, il n'y a pas de fumée sans feu.

Deuxième hypothèse, Marion te déteste et ne veut plus jamais entendre parler de toi. Dans ce cas, pourquoi ne t'a-t-elle pas tout simplement bloqué ? C'est si facile, un clic et adieu Melchior. C'est parce qu'elle n'assume pas de te détester, bien évidemment. Et pourquoi n'assume-t-elle pas de te détester ? Parce qu'une petite lueur brille toujours pour toi au fond de son cœur. Ne dit-on pas que de la haine à l'amour il n'y a qu'un pas ? « *I wanna hurt you just to hear you screaming my name* », t'as vu, même Alice Cooper qui tourne sur ta platine est d'accord. Que Marion te déteste autant qu'elle veut et qu'elle supprime tous tes commentaires, tu t'en fous si ça peut entretenir la petite lueur.

Enfin, peut-être est-elle vraiment juste conne, son humour a disparu. Ce type de vanne en commentaire, tu l'as utilisé des tas de fois et il ne t'a jamais valu que des LOL, des MDR, voire des PTDR et des smileys hilares. Tu sais très bien que quand vous étiez encore ensemble, Marion l'aurait apprécié à sa juste (bon, OK, pas bien grande) valeur. Que s'est-il passé dans sa vie pour qu'une telle tristesse s'abatte sur son fil de discussion, étouffant ses rires sous des monceaux de glace ? Ton absence ?

Tout ragaillardi par ces réflexions, tu relances *Poison* sur ta platine vinyle.

22 juillet – 20 h 00

Morne journée. Seul truc notable en sortant du taf, un mec est entré en force dans ta rame qui était déjà blindée. La trentaine, black, beau gosse, look de mec qui veut faire BCBG mais dont le budget le limite à acheter ses fringues en solde chez Celio. Polo bleu qui commence à se délaver, chino brique qui commence à se délaver aussi, bomber en coton beige d'abruti, petit revers au-dessus de ses Adidas blanches, sans doute travaille-t-il au service informatique dans une PME d'outillage électroportatif.

Une meuf a commencé à râler, genre vous voyez bien qu'il n'y a pas de place, c'est pourtant pas compliqué d'attendre le prochain, vous êtes vraiment à deux minutes près, non mais comment sont les gens aujourd'hui, j'hallucine. La trentaine, peau mate un peu trop maquillée, mignonne, une espèce de legging à motifs cosmiques et un joli blouson en cuir dont tu lui aurais bien demandé la marque s'il avait été réellement en cuir.

— Oh, c'est bon, la journée est finie, on se détend, mademoiselle, a lancé le mannequin de chez Celio.

— Non, je me détends pas en présence de personnes comme vous, a-t-elle répondu.

— Il faudrait, pourtant, ça va vous faire des cheveux gris, d'être coincée.

— Au moins, j'ai des cheveux, moi.

— Wow, dites donc, ça fait combien de temps que vous n'avez pas pris votre pied ?

— Certainement moins que toi, sale frustré.

— Je suis pas frustré, moi, je me mets pas à crier dès qu'il y a trop de monde dans le métro.

— D'abord, j'ai pas crié, ensuite, c'est pas parce qu'il y a trop de monde que j'ai fait une réflexion, c'est parce que t'es mal éduqué.

— C'est toi qui es frustrée, mais vu à quoi tu ressembles, ça m'étonne pas.

— Comment ça, à quoi je ressemble, tu t'es pas regardé !

— Avec tes cheveux, là, et ton collant, tu dois pas plaire à beaucoup de mecs.

— De quoi je me mêle ? J'ai aucun problème de ce côté-là.

— Ça m'étonnerait. Tu devrais te mettre de la crème aussi, t'as la peau fatiguée.

— Mais je t'emmerde !

— Oh, le retour de la frustration. Je te l'avais bien dit, tu t'énerves facilement.

— Putain, n'importe quoi ! Bon, salut, je descends là.

— Moi aussi, on va boire un verre ?

— Si tu veux.

Tu n'as rien compris. Ces deux-là ne se connaissaient pas il y a dix minutes, ils se sont chamaillés pendant tout le trajet et ils sont partis ensemble, bras dessus bras dessous. Les meufs préféreraient-elles les insultes à l'humour et au romantisme, qui constituent tes armes de drague principales ? Tu t'es imaginé traverser le wagon et aborder la séduisante touriste scandinave assise un peu plus loin d'un « Ça fait pas un peu pute, ta jupe ? », mais non, jamais tu ne te résoudras à employer une technique pareille. Et puis tu ne te rappelles plus comment on dit « jupe » en norvégien.

23 juillet - 15 h 00

— Dites-moi, Melchior, est-ce que vous vous sentez capable de jouir sans entraves ?

Assis dans ton fauteuil, tu fais à nouveau face à ta thérapeute. Son système d'horaires de rendez-vous est très au point car tu n'as toujours pas croisé d'autre patient en arrivant. Tu songes à ce que pourrait donner une reprise de Brigitte Bardot qui commencerait par « Je ne croise jamais personne chez cette chère hérissonne », mais tu t'égares. Quoique, pas tant que ça, parce que c'est vrai qu'elle est chère, la hérissonne. Quand tu as raconté ton premier rendez-vous à Stéphane, il t'a dit qu'il connaissait un vrai psy qui ne délestait ses patients que de soixante euros pour une heure de séance. Il aurait pu t'en parler plus tôt. Cela dit, il est apparu peu après dans la discussion que c'est ce copain psy qui lui a relaté le coup de la féminité de Louis XIV, donc méfiance quand même.

Tu reviens à cette surprenante question, posée cash par une Mme Hérisson beaucoup plus pomponnée que la semaine dernière. Elle porte un tailleur, des escarpins, elle s'est maquillée. Tu espères qu'elle revient d'un déjeuner important et qu'elle n'a pas eu le temps de se changer. Il ne manquerait plus qu'il s'agisse d'une tentative de séduction et qu'à la fin de la séance elle se jette sur toi : « Hop, Melchior, Hop ! » Tu reformules dans ta tête son interrogation : « Dites-moi, Melchior, est-ce que vous vous sentez capable de jouir sans entraves ? »

Tu es saisi par l'envie de raconter la pipe que t'a prodiguée Charlotte hier soir. Si on considère la quantité de sperme que tu as balancé sur sa tronche de petite meuf de droite à la fin, tu serais tenté de répondre à la hérissonne par l'affirmative. Tu n'es pas certain que la question porte sur ce sujet, il y a toujours un biais sournois, avec les psys. Tu marmonnes un « Mmm… Qu'est-ce à dire que cela ? »

— En fait, il s'agit de savoir si vous pensez que des obstacles vous empêchent de profiter de la vie comme vous l'entendez, explique-t-elle.

— Bah, sinon, je serais pas là, réponds-tu assez logiquement, en te demandant quand même si le fait d'avoir bien profité de la pipe de Charlotte comme tu l'entendais est un pas sur le chemin de la guérison. Tu n'oses pas demander.

— Mmm, je vois…, conclut la thérapeute, sans que tu saches exactement ce qu'elle a bien pu voir.

D'autant que les habitants du quartier Daumesnil ne doivent certainement pas voir grand-chose – tu n'imagines que cette explication à la densité d'opticiens, ta recherche sur Wikipédia ne t'a finalement rien appris sur le sujet.

— Je trouve que vous êtes dans une posture un peu agressive, Melchior, continue-t-elle.

— Comment ça ?

— Eh bien, vous ne répondez jamais clairement à mes questions.

— C'est parce que vos questions ne sont elles-mêmes pas claires du tout, je trouve.

— Vous voyez bien, encore une fois, vous ne répondez pas clairement.

— Bah, là, en l'occurrence, vous ne m'avez pas posé de question, donc bon…

— Tendez les mains devant vous, paumes vers le haut.

Tu t'exécutes. Hérissonne se rapproche de toi, prend tes mains dans les siennes et commence à pratiquer une sorte de massage de tes paumes avec ses pouces. Elle ne dit rien, regarde en direction du plafond avec une concentration extrême. Tu n'oses rien dire non plus, surtout parce que tu penses que tout ce que tu pourrais dire à ce moment-là serait mal interprété.

23 juillet - 15 h 30

La hérissonne finit par te lâcher.

— Secouez un peu les mains pour finir de dissiper vos tensions.

Ah, cette manœuvre était donc destinée à dissiper tes tensions. Avec tout le Xanax que tu t'envoies, tu n'aurais pourtant pas imaginé être aussi tendu que ça. Ta thérapeute a cependant l'air fière de ce qu'elle vient de réaliser. Tu secoues mollement tes mains pour lui faire plaisir.

— Bon, maintenant que nous sommes repartis sur de bonnes bases, pouvez-vous me dire de quoi vous avez le plus peur dans la vie ?

— Ça sert à quoi d'avoir passé dix minutes à dissiper mes tensions si c'est pour me faire penser tout de suite après à des trucs qui font peur ?

Dix minutes, soit presque dix-huit euros, trois pintes d'Amstel aux Furieux, calcules-tu un peu agacé.

— Vous ne répondez toujours pas clairement, Melchior.

— Vous n'êtes pas logique.

— Bon, il faut qu'on avance, qu'est-ce qui vous fait le plus peur dans la vie ?

— Je sais pas, être dans un avion, qu'un réacteur explose, que le crash soit inévitable, les quelques minutes de la descente doivent être rudes à supporter.

— Mmm… Je vois… En fait, vous avez de sacrées pulsions de mort !

— Bah non, pas spécialement.

— Si, la situation que vous me décrivez aboutit à votre mort.

— Vous me demandez ce qui me fait le plus peur, la réponse de n'importe qui doit être liée à la mort. Personne ne vous répondra que ce qui lui fait le plus peur est de bouffer du chocolat ou de câliner un chaton.

— Détrompez-vous, Melchior…

— Détrompez-moi, Valérie…

Oui, ta thérapeute s'appelle Valérie Hérisson.

— Arrêtez de jouer à ça, Melchior !

— De jouer à quoi ?

— Vous n'arrêtez pas de jouer au plus malin, de tenter d'avoir réponse à tout et de dénigrer ce que je vous raconte.

— Ah…

— Je vais vous dire quelque chose qui va vous surprendre.

La hérissonne n'a manifestement pas remarqué que tu es surpris à chaque fois qu'elle ouvre la bouche.

— Vous êtes agressif et vous jouez au plus malin parce que vous n'assumez pas de vous détester. Vous vous détestez d'avoir perdu Marion que vous considériez comme la femme de votre vie. Nous avons déjà évoqué cela avec le pardon. Pour que vous retrouviez la sérénité, il faut absolument vous convaincre que la vie sans Marion est une mer d'opportunités et non un champ de ruines. Et dans « convaincre », il y a « vaincre » mais il y a aussi « con ». Il faut vaincre le con qui est en vous, qui en veut à Marion, qui en veut à lui-même (si, si, vous vous en voulez à vous-même, Melchior), qui en veut à la terre entière, qui se croit plus intelligent que tout le monde et qui rabaisse les autres pour ne pas voir à quel point il ne s'aime pas.

Tu en restes comme deux ronds de flan, bien que tu ne saches pas précisément à quoi un rond de flan ressemble, et encore moins deux. Présenté comme ça, la hérissonne a peut-être réussi à mettre le doigt sur un truc valable. Elle t'avait prévenu, tu allais être surpris. Ce qui te surprend le plus, est-ce ce qu'elle t'a dit ou bien le fait que ce qu'elle a dit n'est pour une fois pas complètement crétin ? Il faudra y réfléchir. En attendant, ta thérapeute a l'air assez contente d'elle, mais elle ne tarde pas à gâcher sa remontée dans ton estime en te demandant :

— Vous avez déjà lu Alexandre Jardin ?

— Oui, il y a bien longtemps, mais ça ne m'a pas laissé une forte impression, confesses-tu, toi qui ne jures que par Michel Houellebecq et Virginie Despentes.

— Melchior, vous recommencez à dénigrer, attention !

— Je ne dénigre rien, j'ai le droit d'avoir des goûts littéraires, quand même, non ?

— Et voilà, vous recommencez à jouer au plus malin ! Décidément, nous avons beaucoup de travail à accomplir ensemble.

Il faut vraiment que tu détermines fissa si elle a découvert un pan de ta psyché dont tu n'avais pas conscience ou si elle est tout simplement super agaçante. Tu en parleras avec Stéphane s'il te laisse en placer une la prochaine fois. Tu quittes la hérissonne après avoir pris rendez-vous pour la semaine suivante, puisqu'il semble y avoir tellement de pain sur la planche.

À peine as-tu descendu trois marches que tu entends le bruit de la porte de l'immeuble qui s'ouvre, puis des pas qui claquent sur le carrelage du hall. Brigitte Bardot avait tort, tu vas croiser quelqu'un. Rien ne dit cependant que cette personne se rende chez ta thérapeute, l'immeuble compte quand même une bonne trentaine d'appartements.

Apparaît en bas de l'escalier une jeune femme éthérée, blonde, la peau laiteuse, flottant dans un pantalon pattes d'eph' en velours moutarde et un pull irlandais vert bouteille. Vos corps se croisent, vos regards aussi. Tu devines que le système de confidentialité du docteur Hérisson vient de bien merder. Tu entends la demoiselle s'arrêter sur le palier du premier et frapper à la porte de gauche qui n'était pas entrouverte car elle a dû entrer dans l'immeuble sans s'annoncer, sans doute à la faveur de la sortie de quelqu'un.

Tu sors à ton tour. Ça ne t'excite pas plus que ça de retourner chez toi. Cette rencontre fortuite avec une camarade de déprime t'a plutôt donné envie de boire un demi, dont le prix s'élève à deux euros cinquante dans le bar PMU de l'autre côté de la rue, si tu en crois l'ardoise posée devant l'entrée (et que tu peux lire à cette distance car tu n'es pas un habitant du quartier Daumesnil et que tu as dix sur dix à chaque œil). Tu t'installes à la terrasse du troquet, sachant très bien que ce demi n'est qu'un prétexte pour attendre la jolie dépressive.

23 juillet - 16 h 55

La porte s'ouvre au moment même où tu bois la dernière gorgée de ton deuxième demi. À ce prix-là, ça aurait été con de n'en commander qu'un. La jolie blonde sort de l'immeuble avec un air de souris apeurée qui va très bien avec son teint. Elle te plaît beaucoup. Tu lâches ton verre pour pouvoir prendre ton courage à deux mains et l'interpelles.

— Mademoiselle !

Elle n'entend pas. Pourtant les souris sont connues pour avoir de grandes oreilles. Tu retentes ta chance, en essayant de présenter davantage d'assurance.

— Mademoiselle !!!

Les trois points d'exclamation se montrent efficaces, bien que typographiquement contestables. La jeune femme se retourne, vous aperçoit toi et ton bras levé, te lance un regard interrogateur. Tu te mets debout en faisant racler ta chaise sur le sol.

— On s'est croisés tout à l'heure, quand je sortais de chez Mme Hérisson, expliques-tu en t'avançant dans sa direction. C'était ma deuxième fois chez elle et je n'arrive pas à me faire un avis dessus. J'aurais voulu parler un peu avec vous de comment se passent vos séances, si vous êtes satisfaite, tout ça. Est-ce que vous permettez que je vous offre un verre ?

— Euh... Pourquoi pas, répond la souris en rougissant et en baissant les yeux.

Vous prenez place à ta table. Nouveaux raclements de chaises. Tu commandes un troisième demi, elle un thé vert. Tu t'en doutais. Tu poursuis :

— Ça fait longtemps que vous voyez Mme Hérisson ?

— Oui, ça fait un petit moment. Deux ans environ. La plupart du temps je me dis que ça ne sert à rien, mais parfois il y a un petit déclic qui me pousse à continuer. Alors je continue.

— C'est un peu ce que je ressens aussi, confirmes-tu. J'ai l'impression que cette femme est complètement folle, mais aujourd'hui il s'est passé un petit truc dans mon cerveau.

— Complètement folle, non. Très malheureuse, certainement. Son mari l'a quittée il y a cinq ans et elle ne s'en est toujours pas remise. Elle aime bien donner l'impression que si, mais en fait la blessure est toujours présente.

— Je suis mal barré, du coup, ricanes-tu, je viens la voir pour essayer de mettre derrière moi une rupture sentimentale, elle n'est peut-être pas la mieux placée pour s'occuper de ce type de souci.

— C'est ce que je me suis dit aussi quand j'ai appris sa situation par une amie, qui la connaît par ailleurs. Je viens comme vous pour une rupture sentimentale, ma copine m'a quittée il y a deux ans pour une fille de dix ans de moins qu'elle, ça a été terriblement difficile. Ça l'est encore. Mais je me dis que Mme Hérisson peut comprendre ça mieux que personne et me faire profiter de son propre parcours de guérison, même si celui-ci n'est pas encore abouti.

Alors trois choses. D'abord, tu as du mal à imaginer que tenir les mains de son patient pendant dix minutes en roulant des yeux exorbités constitue un parcours de guérison super fiable. Ensuite, tu te dis que si la thérapeute n'est toujours pas sortie d'affaire au bout de cinq ans et que sa patiente a encore l'air aussi cadavérique (même si tu la trouves très mignonne, bizarrement, peut-être te faudra-t-il songer à arrêter de binge-watcher *The Walking Dead*) au bout de deux ans, l'argument « parfois il y a un déclic » n'est pas des plus convaincants et que ton banquier te remerciera de mettre un terme à ces consultations. Et enfin… Putain, elle aime les filles ! C'est vrai que là, tu es dans la vraie vie, pas sur Tinder, qu'il y a encore moins de garanties quant aux personnes que tu dragues.

L'épisode « jolie dépressive » aura été un échec de plus, aurais-tu envie de dire si le couplet de la hérissonne sur la détestation de soi-même et ton connard intérieur ne commençait pas à faire son chemin dans ton cerveau. Finalement, tu te félicites aussi d'avoir eu le cran d'aborder cette demoiselle. Jusqu'ici, la perspective d'aborder une fille, voire d'aborder quelqu'un tout court, te tétanisait. Surtout sans parachute. Bonne journée, en définitive.

5

YOU CAN'T ALWAYS GET WHAT YOU WANT

The Rolling Stones, 1969

27 juillet - 13 h 00

— Putain, je sais pas comment je vais m'en sortir, te lamentes-tu en te servant un nouveau verre de brouilly pour faire descendre l'andouillette-frites qui se trouve devant toi.

Assis en terrasse au bord de l'Atlantique, tu aurais sans doute pu choisir autre chose à bouffer mais tu avais juste pris un paquet de gâteaux pour le voyage en train, et maintenant tu as franchement la dalle, pas l'estomac à manger du poisson et des légumes.

Ton pote Sylvain t'a appelé il y a deux jours et, vu ton état, il t'a proposé de venir passer le week-end chez lui, sur la côte vendéenne. Sylvain, c'est ton ami d'enfance, ça fait vingt-cinq ans que vous vous connaissez. Le pavillon de ses parents était dans la même rue que le tien et disposait d'un grand abri de jardin, construit en dur, où vous vous retrouviez le vendredi ou le samedi soir pour discuter, fumer en toute discrétion, écouter de la musique ou composer des chansons débiles sur vos guitares sèches. D'autres potes passaient régulièrement leur tête, tout cela durait très tard. Tu avais déjà envie de devenir journaliste et c'est là que tu as effectué tes premières interviews, des parodies de reportages dans le style Groland. Vous enregistriez tout ça sur un vieux magnétophone, tu aimerais bien retrouver ces cassettes. Même si vos parcours ont vite divergé (c'était l'artiste, toi le littéraire, puis son père a trouvé un boulot chez Michelin, à Clermont-Ferrand, ce qui a mis de la distance entre vous), Sylvain et toi êtes toujours restés en contact et vous vous appliquez à vous téléphoner une fois tous les deux mois au minimum. Contrairement à toi, qui as ton boulot de salarié, ton appart de locataire et ton livret A d'épargnant qui ne veut pas se faire chier mais qui aime quand même bien avoir l'illusion que sa thune rapporte, Sylvain vit de petits boulots, fait les vendanges, joue de la musique dans une troupe médiévale, essaye de vendre ses dessins et ses sculptures. Il a une baraque de plain-pied, pas loin de la mer, mignonne, blanche aux volets bleus, avec un jardin sans abri mais où il cultive fruits et légumes et où déambulent quelques poules. Le village est sympa aussi, on rallie le centre et ses commerces en dix minutes de marche par une rue bordée de maisons de plain-pied, mignonnes, blanches aux volets bleus. Ils se sont pas foulés, les architectes du coin, mais au moins ça te change de chez toi où l'accès aux commerces t'oblige à passer devant une statue d'Édith Piaf ultra flippante.

Tu as sauté sur l'occasion de ne pas passer ton week-end à boire des bières et à mater des séries englué dans ton canapé, trouvé des billets de train en catastrophe mais pas si chers que ça. Remarque, tu aurais préféré payer quelques euros de plus et être posé dans un wagon où ce soit moins l'enfer. Entre ces mômes hyperactifs dont les parents n'avaient rien trouvé de mieux pour les occuper qu'un Uno (pas le jeu le plus calme jamais inventé) et ce couple de vieux qui a passé les trois heures à bouffer des chips et des sandwiches au pâté puants, tu as à peine pu regarder la moitié d'un des deux films que tu avais chargés sur la carte mémoire de ton téléphone (*Fast and Furious 8* et *Alerte à Malibu*, tu es bien conscient que tu n'as pas perdu grand-chose et tu viens de te rendre compte que tu apprécies Dwayne Johnson plus que de raison).

Déjà que le train t'avait bien massacré les lombaires et les fessiers, Sylvain est venu te chercher à la gare en Méhari, ce qui n'a rien arrangé. Rebondissant violemment sur la moindre aspérité de la route, le petit véhicule (qui filerait une crise cardiaque à Anne Hidalgo si elle le voyait passer sous ses fenêtres de l'Hôtel de Ville parce qu'il doit être au moins Crit'Air 47) vous a amenés directement à L'Écluse, établissement qui porte bien mal son nom car tu n'as pas aperçu le moindre cours d'eau pendant le trajet. À moins que l'enseigne rende hommage aux godets que tu te prépares à écluser pour célébrer ton arrivée au pays des Chouans. Plutôt ça, certainement. Ça t'aidera à digérer l'andouillette.

27 juillet - 13 h 01

— Comment ça, t'en sortir ? Tu crois pas que t'exagères un peu ? C'est juste une meuf qui t'a largué, pas la fin du monde quand même, c'est pas la première fois que ça t'arrive, plein de gens vivent ça tous les jours et la Terre ne s'arrête pas de tourner pour autant, non ?

— Nan, mais tu peux pas comprendre, réponds-tu comme un ado réfractaire aux conseils parentaux. Avec Marion, c'était un truc magique. Dès que je l'ai vue, j'ai su que c'était la bonne, la femme de ma vie.

— Bah faut croire que non, du coup tu devrais redescendre un peu.

— Putain, mais jamais j'en retrouverai une qui me fasse ressentir des choses pareilles, c'est ça qui me rend dingue ! J'ai couché avec pas mal de filles depuis qu'elle est partie comme une connasse, pas forcément les plus moches ou les plus connes, mais rien, pas le moindre petit début de quoi que ce soit. Je pense que c'est mort, je ne retomberai jamais amoureux.

— Mais non, c'est juste une histoire d'hormones, tout ça. Arrête de bouffer des Xanax à la chaîne, laisse ton cerveau refaire son stock de sérotonine et ça va rouler. Tiens, je suis sûr qu'en ce moment même, avec le soleil et l'air marin, tu es en train de retrouver tes capacités.

— Ça m'étonnerait, j'ai bouffé un Xanax juste avant d'arriver.

— Sans déc' ? T'en prends plus un seul pendant ton séjour ici, tu vas voir, tu vas penser à autre chose, ça va te faire du bien.

Sylvain, tout artiste qu'il est, c'est un peu la voix de la raison. Tu aurais néanmoins bien envie de lui dire d'aller se faire foutre avec ses conseils de provincial à la con mais tu as peur qu'il décide d'écourter ton séjour et tes billets de train ne sont ni échangeables ni remboursables.

Tu commandes une tarte au citron meringuée.

27 juillet - 13 h 20

— Mmm…, elle est bonne, murmures-tu.

— Oui, le patron du resto est pâtissier à la base, ses desserts sont de vraies tueries.

— Pas la tarte, Ducon, la serveuse.

— Ah, oui, aussi. C'est la première fois que je la vois, elle a dû être embauchée pour l'été. Tu vois, une heure au bord de la mer et tous tes sens sont de nouveau en alerte.

— Mouais, concèdes-tu, ça m'étonnerait que je tombe amoureux de tout ce qui bouge d'ici à demain soir.

— Personne ne te demande ça. Il faut juste qu'à travers tes vapeurs d'anxiolytique, tu prennes conscience que ce qui t'arrive n'est pas bien grave, que tu t'en remettras et que tu trouveras une fille encore mieux.

— Facile à dire, toi tu vis quasiment en ermite.

— On s'en fout de moi. Putain, t'as même pas quarante ans, t'es franchement pas le mec le plus laid de la terre, t'es pas le plus con non plus, t'as un boulot qui te fait rencontrer plein de gens connus. Tu vois pas que côté filles, t'as plus de facilités que la grosse majorité de tes congénères ?

— Mais je m'en tape des « filles », c'est Marion que je veux ! hausses-tu le ton.

La serveuse s'approche de votre table.

— Oui ? demande-t-elle.

— Hein ? Non, rien, répliques-tu.

— Désolée, j'ai cru entendre mon prénom.

— Vous vous appelez Marion ?

— Oui. Et vous ? minaude-t-elle.

— Non. Ce serait bizarre, c'est un prénom plutôt féminin, ça ne m'irait pas du tout.

— Non, enfin… Je veux dire…

— T'inquiète, je te fais marcher, la tutoies-tu avec une confiance en toi inhabituelle. Melchior, ravi de faire ta connaissance. Et là, c'est Sylvain.

— Enchantée, les garçons. Je vous offre un café ?

— Oh, merci, oui. Tu termines bientôt ton service ? t'enhardis-tu.

— Non, je bosse tout l'après-midi et le début de soirée.

— Ça tombe bien, je serai dans le coin après le début de soirée !

— C'est fascinant les coïncidences, répond-elle en souriant.

27 juillet – 22 h 00

Adossé contre un mur en face de l'entrée de L'Écluse, tu guettes la sortie de Marion 2 en fumant clope sur clope. « Après le début de soirée », c'était pas hyper-précis comme horaire de rendez-vous. D'ailleurs, tu ne sais même pas si rendez-vous il y a, elle a juste acquiescé au fait que tu traînerais dans le coin genre maintenant.

La soirée est fraîche. Ça fait déjà trente minutes que tu poireautes. Tu commences à te demander si ça vaut bien la peine de laisser tomber ton pote qui t'a gentiment invité, pour te niquer les poumons et te cailler les miches dans le vague espoir de baiser une serveuse saisonnière. D'autant que pour peu que Marion 2 t'ait repéré depuis l'intérieur du restaurant, plus tu attendras, plus tu passeras pour un gros crevard.

Tu repenses aussi à Marion 1. Tu penses tout le temps à elle, de toute façon. Quoi que tu fasses, où et avec qui que tu sois, elle est là, dans un recoin de ton cerveau embrumé par des produits chimiques plus ou moins légaux. Tu te dis que Marion 2 est aussi jolie mais qu'elle a un moins beau cul. Tu te dis qu'avec Marion 1, il y avait une alchimie que tu ne retrouveras jamais. Tu te dis que tu serais mieux au chaud chez Sylvain, à boire des bières et fumer du shit, en parlant de… de Marion 1. À quel point elle était belle, à quel point votre entente était parfaite, à quel point elle te manque. Tu te dis que oui, c'est ça, tu préfères rentrer penser à Marion 1 et que Marion 2 passera la soirée toute seule. Ou en tout cas pas avec toi.

Tu écrases ta quinzième clope de la soirée par terre et tu retournes chez Sylvain.

27 juillet - 22 h 30

Sylvain est un peu surpris de te voir débarquer si tôt dans son salon.

— Ça s'est mal passé ? te demande-t-il.

— Ça ne s'est pas du tout passé, marmonnes-tu, je l'ai attendue un peu, je me suis perdu dans mes pensées, j'ai déprimé et je suis rentré.

— Oh, c'est grave, là ! ricane Sylvain en se levant pour aller chercher une bouteille de rouge dans la cuisine.

— Putain ! lances-tu en t'asseyant sur un pouf géant et en rapprochant de toi un cendrier qui traînait sur la table basse. Tu vois, je ne suis même pas capable d'assurer un rendez-vous avec une fille qui me plaît et à qui j'ai des chances de plaire. À peine je pense à Marion (la vraie), j'ai direct envie de me cacher, de m'isoler, de me morfondre. J'ai l'impression qu'aucune fille ne peut être digne d'elle et qu'il vaut mieux rester tout seul. Je suis complètement bloqué. Alors que ce soir, ça aurait pu être cool, bien plus qu'avec les meufs que je rencontre sur Tinder. Ce midi, il s'est passé un truc qui mettait tout ça sur des rails sympas, c'était pas formaté, c'était impromptu, c'était frais. Mais non, il faut que cette conne me pourrisse mes relations.

— T'y vas pas un peu fort, quand même ? te demande Sylvain en te tendant un verre.

— Non, je la déteste vraiment pour ça, même si je sais qu'elle n'y est pour rien et qu'elle s'en foutrait complètement si je le lui racontais. Je sais très bien que c'est moi qui me monte la tête pour des conneries et ça me rend désagréable, je me déteste aussi. Il est pas mal ton vin, c'est quoi ?

28 juillet – 09 h 00

Tu te réveilles avec le crâne en vrac. Effectivement, le vin était pas mal. Les pétards qui ont suivi aussi. L'alcool et le THC aidant, tu as fini par arrêter de déblatérer sur les Marion 1 et 2 et pris des nouvelles de ton ami. Il t'a vanté la troupe de musique médiévale au sein de laquelle il joue désormais du psaltérion à archet, considérant que le cromorne, ça va bien cinq minutes. Il t'a fait écouter quelques extraits qui, avec le recul, ne sont sans doute pas étrangers à ton mal de crâne matinal. Il t'a raconté qu'il avait aussi vendu quelques tableaux à des amateurs d'art de la région à la suite d'une exposition de ses œuvres dans la salle communale Hervé-Vilard de Sainte-Brune-de-la-Brioche. Et un autre sur eBay à un acheteur chinois qui a été un peu galère à expédier mais qui lui a rapporté dix fois plus que d'habitude. Il avait mis un prix élevé pour déconner et avait été le premier surpris de trouver acquéreur. Il en a mis deux autres en ligne depuis, du coup.

Côté cœur, c'est pas trop ça. Une histoire de quelques mois il y a quelque temps avec une camarade moyenâgeuse qui avait l'avantage de jouer à merveille de la saqueboute mais l'inconvénient d'être mariée. Sylvain s'en fout. Ça ne le dérange pas d'être seul. Il n'a pas besoin du regard d'une fille pour se sentir exister. Il a de la chance. Parce que c'est bien là ton problème, as-tu pris conscience au fil de la soirée. Après avoir craché ses poumons parce qu'il venait de tomber sur une grosse boulette de shit mal effritée, Sylvain t'a en effet fait remarquer que tu n'avais aucune source de gaieté dans ta vie qui ne soit en rapport avec les meufs. Lui, il trouve son équilibre dans sa musique, sa peinture ou ses poules. Toi, tu passes ton temps libre à végéter sur ton canapé en te faisant des ampoules aux pouces sur Tinder. Au boulot, tu ne fous rien parce que tu ne penses qu'à Marion 1. Le soir, tu sors de chez toi uniquement dans le but de draguer. Il faut que quelqu'un semble s'intéresser à toi, comme Marion 2 au déjeuner, pour que tu retrouves le sourire. Tu as concédé que ce n'était pas faux. Sans le regard d'une fille posé sur toi, sans avoir quelqu'un pour qui faire les choses ou à qui les raconter, tu te sens complètement vide. Et la nature a horreur du vide. Alors, pour ne pas te sentir trop vide, tu penses à une amoureuse. Marion. Cercle vicieux. Tu penses à elle pour te sentir moins vide. Penser à elle t'empêche d'avoir le cœur disponible pour une autre. Ne pas avoir le cœur disponible te rend vide. Alors tu penses à elle. Quel bordel…

Tu as demandé à Sylvain de noter cette conclusion sur le carnet qui ne le quitte jamais, tu avais la flemme de te lever pour chercher du papier mais tu avais peur d'avoir oublié ce trait de génie au matin. Mais Sylvain était déjà parti bien ailleurs dans sa tête. Ou alors il s'était tout simplement endormi. Tu t'es dit que ce serait bien le diable si tu oubliais ton monologue en quelques heures, tu as écrasé ton joint dans le cendrier et tu es parti rejoindre Morphée.

28 juillet – 09 h 01

Mal de crâne, oui. Mais en l'occurrence, tu te souviens très bien du fil de tes pensées de la veille. Surtout, ce n'est pas l'image de la Marion habituelle qui passe ce matin derrière tes paupières encore closes, c'est le joli visage de Marion 2 qui flotte dans tes pensées. Tu te fais la réflexion que c'est la première fois depuis ce 4 avril maudit que la première chose qui traverse ta tête le matin au réveil n'est pas le reflet de Marion 1. Reflet sans doute un peu idéalisé mais qui te ronge depuis des mois. Pas aujourd'hui.

Tu commences à regretter de ne pas avoir attendu plus longtemps devant L'Écluse hier soir. Tu te dis que tu as peut-être raté une occasion en or d'enfin passer à autre chose. Mais non, tu te ressaisis, tu te dis qu'au contraire, grâce au fait de ne pas être resté et d'avoir bavardé toute la soirée avec Sylvain, à faire le point sur tes sentiments et à analyser ce qui se passe dans ta tête et dans ton cœur, tu es peut-être ce matin un homme neuf et disponible. Rester n'aurait abouti, au mieux, qu'à un plan cul plus ou moins foireux comme tu commences à en avoir l'habitude. Partir était peut-être salutaire. Pour en avoir le cœur net, tu décides de retourner déjeuner à L'Écluse et de proposer un vrai rencard à Marion 2. Tu n'as rien à perdre.

Quand tu arrives dans la cuisine après avoir passé quelques minutes supplémentaires sous la couette à te réjouir de cette perspective, Sylvain est attablé devant une clope et un café. Tu t'assois, te sers en arabica dans la cafetière filtre et en cigarettes dans le paquet de ton pote, et tu lui exposes tes conclusions.

— Je t'avais dit que l'air marin te ferait du bien, approuve Sylvain.

— Et si je m'étais fait des idées ? temporises-tu. Si elle était sympa avec nous juste parce que c'est son taf de serveuse d'être sympa avec les gens et pas du tout parce que genre elle est tombée éperdument amoureuse de moi au premier regard ?

— Tu ne pourras pas le savoir si tu ne tentes pas le coup, mon gars. Quand bien même, j'ai envie de dire : et alors ? L'important, c'est que tu sembles avoir pigé un truc cette nuit et que ça a l'air de t'avoir fait du bien. Le reste, c'est que du bonus, même si tu t'es gouré sur les intentions de cette serveuse à ton égard, ça ne remet pas en cause ta théorie.

— T'as raison. Aucune pression. Soyons honnêtes, peu de chances que ça soit la femme de ma vie, alors je vais y aller cool.

— Pas trop cool quand même, il faut qu'il y ait un peu de tension pour mettre le truc en route. Promets-moi de ne pas prendre un Xanax juste avant de sortir.

— Putain, ça me fait penser que j'ai oublié d'en prendre un ce matin !

— Ah, tu vois ? Tu vas mieux !

28 juillet - 12 h 30

— Désolé, je t'ai posé un lapin hier soir.

— Ah bon ? On avait rendez-vous ?

Ça commence bien. Tu es assis à la même table qu'hier mais les clients de L'Écluse sont plus nombreux en ce dimanche ensoleillé ; les gens en profitent pour venir se baigner. La plage est d'ailleurs beaucoup plus fréquentée, le bruit des vagues et les cris des mouettes t'arrivent aujourd'hui mêlés de piaillements d'enfants turbulents, de rires crétins d'ados qui jouent au volley et du moteur d'un petit avion qui gâche la vue en traînant derrière lui une banderole publicitaire pour le Kheops, discothèque située sur la D948, cinq salles, cinq ambiances, entrée gratuite pour les filles avant minuit.

Sylvain ne t'a pas accompagné, tu préférais comme ça et il devait tester un guembri qu'il venait de recevoir après avoir remporté de haute lutte une enchère sur eBay (mais ça, c'est ce qu'il te raconte, tu te demandes bien qui pourrait vouloir lutter pour acquérir un instrument pareil qui de surcroît dégage des arômes pas très agréables à cause de la peau de dromadaire dont il est constitué).

Avec l'affluence, Marion 2 est super occupée, tu la regardes virevolter à travers la salle et la terrasse, s'adressant poliment aux clients, gueulant des instructions en direction de la cuisine, souriant toujours, d'une manière qui te fait fondre mais qu'elle emploie avec tout le monde alors que tu pensais bêtement qu'elle t'était réservée. Tu es jaloux de l'humanité tout entière, devant ton verre de bourgueil que tu descends beaucoup trop vite.

La belle revient prendre ta commande. Ce sera entrée/plat, tartare de poisson puis filet de poisson, tu ne veux pas être ballonné pour ton futur rendez-vous avec elle. Marion 2 te parle en souriant mais tu sais maintenant que ça ne signifie rien. Tu commences à penser que tu t'es planté sur ses intentions et que son accueil d'aujourd'hui n'avait rien d'une vanne, qu'elle n'a jamais envisagé une seule seconde avoir rendez-vous avec toi.

Ce qui semble se confirmer quand un type tout propre sur lui portant marinière, chaussures bateau, yeux bleus et cheveux blonds franchit la porte du restaurant et qu'elle se précipite sur lui pour l'embrasser. Boule qui monte dans ta poitrine, descente de ta main vers ton sac pour y piocher le comprimé de Xanax que tu n'as pas pris ce matin. Tu finis rapidement ton assiette, tu règles tes treize euros vingt (putain, c'est quand même pas difficile de faire des prix ronds, c'est quoi ces vingt centimes à la con !), tu quittes L'Écluse direction la plage, tu te dresses face à l'immensité de l'océan et aux bourrelets répugnants des baigneurs, tu allumes une clope et tu inspires fort pour sentir la fumée envahir tout ton corps.

Les effets combinés de la nicotine et du Xanax te détendent un peu. Tu te dis que tout n'est pas à jeter, que Marion 2 a réveillé quelque chose en toi, qu'il va falloir que tu bosses un peu sur le langage non verbal et les signes qui indiquent qu'une personne est intéressée par toi pour éviter de te planter aussi lamentablement à l'avenir. Tu te dis aussi que tu aimerais bien trouver un endroit dans ce putain de bled où on reçoive la 4G pour pouvoir vérifier tes matches sur Tinder et que, tiens, tu ne t'es même pas aperçu que tu avais quitté la plage et repris le chemin de la maison de Sylvain.

En arrivant vers chez lui, l'air résonne des notes de guembri. Ça pue, mais ça sonne super bien, en fait.

28 juillet – 22 h 00

Un peu plus tard, dans l'après-midi, Sylvain t'a raccompagné au train dans sa Méhari. Tu étais en avance, ton pote avait dû en avoir marre de t'entendre geindre sur l'inconstance des filles et ton désespoir que l'Univers ne t'ait pas donné la moindre chance avec cette nouvelle femme de ta vie qui était tellement faite pour toi. Il t'a rappelé au passage que la conversation la plus longue que tu aies eue avec Marion 2 tenait à : « Nous avons deux formules, entrée/plat ou plat/dessert à treize euros vingt, et entrée/plat/dessert à seize euros quarante, les plats du jour sont sur l'ardoise. – OK, merci. » Il n'a pas réussi à te sortir de la tête que tu venais de passer à côté de quelque chose de grand.

De plus grand en tout cas que ton siège inconfortable dans le train qui t'a ramené à Paris. Tu avais pourtant payé ta place cinquante-neuf euros. Cinquante-neuf, ce fut aussi le nombre de secondes entre chaque croisement-décroisement de tes jambes pour faire circuler un peu ton sang. Plein d'enfants pénibles. Plein de voyageurs qui bouffent. Pourquoi les gens se sentent toujours obligés de bouffer dès qu'ils entrent dans un train, quelle que soit l'heure du jour ou de la nuit ? Pour que ceux qui les regardent soient impressionnés par leur ruse d'avoir acheté des chips au supermarché avant de partir plutôt que dans le train où, il faut bien l'avouer, c'est franchement pas donné ? Pour avoir une activité car ils ne savent ni lire ni regarder une vidéo sur leur téléphone ? (La proportion d'analphabètes et d'handicapés technologiques dans ton wagon aurait été dans cette hypothèse proprement stupéfiante.) Enfin bon, pas de place pour les jambes, bruits de mastication, odeurs de nourriture et cris d'enfants, ton trajet retour aurait pu inspirer à Dante un dixième cercle de l'enfer.

C'est avec soulagement que tu t'écroules sur ton canapé et que tu connectes ton téléphone au wi-fi. Ces deux gestes qui te donnent chaque soir en rentrant du boulot l'impression d'être le dernier des losers te font en ce dimanche le plus grand bien. D'autant qu'en ton absence, le cyberespace n'a rien perdu de son activité. Douze nouveaux matches et autant de messages, la plupart du temps de matches plus anciens. Tu tries. Tu essayes de te rappeler pourquoi tu as liké certaines filles soit trop vieilles, soit trop moches, soit les deux. C'en est parfois à se demander si Tinder n'a pas un écran de retard et te fait liker involontairement à chaque fois la meuf que tu as éliminée le coup d'avant, peut-être l'idée d'imposer une mixité sociale version rencontres 2.0. Toujours est-il qu'après épluchage de tes prétendantes, ne surnage vraiment qu'une certaine Hermione. Jolie. Blonde à frange. Dentition bien implantée. Tu lui avais envoyé un « Hello miss Hermione » la semaine dernière, accompagné d'un smiley joyeux qui constitue il faut bien en convenir une entrée en matière un peu pourrie, mais elle t'a répondu. Elle te demande même comment ça va. Tu mens en lui disant que ça va super, pas comme si tu avais raté l'occasion sentimentale de ta vie et que deux Xanax flottaient dans tes synapses.

29 juillet - 19 h 00

Morne journée. Seul truc notable en sortant du taf, est entrée dans le métro à la station Richelieu-Drouot une petite vieille toute maigre et édentée qui avait l'air complètement paumée. Elle tenait à la main un paquet de pâtes et a trouvé pertinent de s'adresser à toi.

— Est-ce qu'elles sont bonnes ? t'a-t-elle demandé.

— Pardon ? as-tu rétorqué avec ce sens de la repartie que le monde entier te jalouse.

— Est-ce qu'elles sont bonnes ? a-t-elle répété.

— Bah, je sais pas, moi j'achète pas cette marque-là, mais y a pas de raison pour qu'elles soient pires que d'autres.

— Est-ce qu'elles sont bonnes ? a demandé une nouvelle fois la dame, en parlant un peu plus fort et en désignant d'un doigt décharné la date de péremption indiquée sur le paquet.

— Euh, oui, visiblement vous avez encore deux ans pour les consommer, as-tu constaté en te demandant en ton for intérieur si la vieille tiendrait jusque-là.

— Non, mais dites-moi la date.

— 20 janvier 2022.

— Hein ?
— 20 janvier 2022 !
— Vous êtes sûr ?
— Oui, 20 janvier 2022, c'est marqué !
— Ah…
— Voilà, voilà…
— Mais elles sont bonnes, alors ?
— Oui, oui, vous pouvez les manger.
— Merci monsieur, Dieu vous le rendra.
— Je n'en demande pas tant.
— Vous pouvez me la dire encore une fois ?
— Quoi ?
— La date.
— 20 janvier 2022 !
— Ah. Merci.
— De rien. Au revoir, madame !

Tu as repris ta lecture interrompue de *Musique infidèle et encre sympathique* d'Elvis Costello. La dame est sortie du wagon et est allée s'asseoir sur un de ces sièges orange pas confortables qui agrémentent les quais du métropolitain, entre une poubelle et un monsieur rouge et gras affublé d'une moustache blonde et de claquettes en liège, sans doute un touriste allemand égaré. Quand ta rame est repartie, tu as juste eu le temps d'apercevoir la vieille lui fourrer son paquet de pâtes sous le nez.

Puis tu as posé tes yeux sur un couple en train de se galocher en face de toi et tu t'es demandé si ta date de péremption à toi n'était pas déjà dépassée.

31 juillet - 19 h 00

C'en est fini avec la hérissonne. Ta séance avait pourtant bien démarré, tu avais raconté ton week-end vendéen, tes espoirs déçus avec Marion 2, tes réflexions enfumées de samedi soir, en trouvant que c'était pile le genre de truc qu'on raconte quand on va voir un psy. Pour une fois tout était en phase, bien à sa place, presque rassurant.

C'était sans compter sur le talent de ta thérapeute pour te prendre à contre-pied. Systématiquement.

— Et vous ne trouvez pas bizarre que cette jeune femme sur qui vous avez jeté votre dévolu à peine votre valise posée se soit appelée Marion ?

— Bah, dans les années quatre-vingt, le prénom Marion était donné à trois mille bébés chaque année, ça en fait un paquet, quand même.

Tu as perversement vérifié ce chiffre sur Prenom.com dans le train qui te ramenait à Paris dimanche.

— Attention, Melchior, dénigrement !

— Bon, OK, ça m'a fait bizarre sur le coup, mais cela dit, elle ne se serait pas appelée Marion, le quiproquo qui a permis d'engager la conversation ne se serait pas produit.

— « Si elle ne s'était » pas appelée…

— Hein ?

— « Si elle ne s'était », pas « elle ne se serait », les doubles conditionnels, c'est moche.

— Sans déconner, Valérie, j'arrive chez vous tout fier de pouvoir vous raconter mes épatants progrès de la semaine et tout ce que vous trouvez à faire c'est de me saouler avec mes carences grammaticales et des coïncidences fumeuses ? Au passage, vous saviez que le prénom Valérie était donné plus de vingt mille fois par an dans les années soixante ? Ma voisine du dessous s'appelle Valérie. Oh, coïncidence mystique, signe du destin, c'est flippant ! Bah non, c'est pas flippant, c'est statistique !

— Non, ce n'est pas une simple coïncidence, Melchior, et je vais vous dire pourquoi.

— Je suis tout ouïe.

— Vous n'êtes pas tombé sur cette Marion par hasard mais parce que dans « Marion », il y a « marre ». Vous en avez marre de cette situation, Melchior, marre de chercher aussi désespérément une « âme sœur » que vous seriez déjà bien en peine de définir, marre de ne pas vous aimer, marre de rester coincé dans un passé qui vous obsède et qui vous fait du mal, marre de…

Tu t'es levé, tu l'as coupée.

— Marre de claquer autant de thune pour écouter vos inepties ! Marre de vos jeux de mots pourris ! D'ailleurs, dans « hérisson », il y a « hérisse ». Vous me hérissez, Valérie, vous m'entendez ? Et puis je me suis laissé dire que côté guérison après rupture, vous feriez bien de balayer devant votre porte avant de donner des conseils aux autres !

Celle qui allait devenir ton ex-thérapeute quelques secondes plus tard est devenue toute rouge, a pris une longue inspiration sans tousser (ce qui est un tour de force étant donné l'odeur d'encens cramé qui flottait dans la pièce), a tendu un doigt tremblant vers la porte et, au lieu d'ânonner « Téléphone maison » comme sa gestuelle le laissait entendre, a froidement lancé « Sortez, Melchior ». Tu as obtempéré.

Une fois dans la rue, tu as dédaigné le PMU d'en face et ses bières pas chères, effrayé à l'idée que la hérissonne descende à son tour s'en jeter un derrière la cravate pour se remettre de ses émotions, et tu as pris la direction des Furieux dans l'espoir qu'une jeune femme qui répondrait à un prénom peu sujet aux interprétations oiseuses, disons Arnégonde, s'y laisse séduire. Par toi, si possible.

31 juillet - 20 h 30

— Non mais sans déc', la meuf elle me dit que sous prétexte que je rencontre par hasard une deuxième Marion j'en ai marre de tout. Le coup d'avant elle m'avait sorti que j'avais des pulsions de mort, elle veut que je me pende ou quoi ?

Stéphane vient de te rejoindre. Tu l'as appelé sur le chemin parce que tu avais besoin de parler à quelqu'un, il a mis un peu de temps à arriver, tu en es déjà à ton troisième demi de Pelforth.

— Relax, elle voulait sans doute juste te faire comprendre un truc mais entre sa technique bizarre et ta mauvaise humeur, ça a clashé.

— Tu crois que c'est un truc de psy de voir arriver un patient à peu près en forme et de se débrouiller pour qu'il reparte complètement anéanti ?

— Bah oui, s'ils guérissaient leurs patients en deux séances, ils n'auraient plus personne au bout d'un moment. Il y a des gens qui font des psychanalyses pendant vingt ans, tu imagines le blé qu'ils se font, les psychanalystes ? Pas sûr que quiconque ait besoin de vingt ans pour se remettre les émotions en place, c'est un peu du foutage de gueule, non ?

— C'est sûr, les bières, ça marche largement aussi bien, ricanes-tu.

— Enfin, là, tu entames ta quatrième et tes émotions ne m'ont pas l'air ultra stabilisées quand même…

— Nan, c'est mon cerveau qui n'est plus très stable, les émotions ça va. Aucune Marion dans ma tête pour m'emmerder, là.

— Bon, sinon, c'était bien ton week-end ? Si on ne compte pas cette Marion.

— Oui, super, c'est toujours sympa de revoir Sylvain. Je te le présenterais bien un jour mais il faudrait qu'il accepte de sortir de son village et ça, c'est pas gagné. Dis, tu veux pas un shot ? C'est pour moi.

— Volontiers.

— Marie, tu nous mets deux vodkas-châtaigne ? Merci !

Sitôt servis, sitôt consommés, la brûlure de la vodka te redonne un instant toute ta lucidité mais tu sais que l'alcool va monter d'ici à quelques minutes et que ça va commencer à faire beaucoup. Tu relances la conversation tant qu'il est encore temps.

— T'as remarqué ? Dans « Marie », il y a « marre » et il y a « rit ». Ça veut dire qu'elle prend avec joie et philosophie tous les aspects même les plus agaçants de la vie ?

— Peut-être. Quand tu es derrière le bar, tu es bien obligé de ne pas te mettre à hurler sur le premier client qui te fait un peu chier. Ça se tient.

— Mouais, si on va par là, dans « Marion » il y a « rions », et ma séance de tout à l'heure n'a pas été des plus poilantes.

— Bon, bah peut-être que Marie en a juste marre de bouffer du riz.

Vous gloussez. Vous commandez deux sakés pour rester dans le thème.

Tout à coup, une meuf aux cheveux violets se plante devant vous et demande en te regardant :

— On se connaît, non ?

Tatouages et piercings un peu partout comme c'est souvent la règle aux Furieux, jolie, quelques kilos en trop, beaucoup plus jeune que toi. La première pensée qui traverse le brouillard alcoolisé de ton cerveau est une question : les poils de sa chatte sont-ils de la même couleur que ses cheveux ? Tu ne la formules pas à haute voix, enfin tu espères ne pas l'avoir fait, tu n'es plus sûr de rien, c'était le saké de trop. Ta seconde pensée oscille entre « Non, je ne connais pas cette fille » et « Non, je suis con, elle s'épile sûrement la chatte ». Tu te lances sur l'option numéro un en bafouillant.

— Non, je crois pas, désolé.

— Tu es sûr ? renchérit miss Purple Hair en agrémentant sa question d'un grand sourire et d'un clin d'œil.

— Pas à cent pour cent, mais je crois bien. On reprend un truc ? demandes-tu en te retournant vers Stéphane, laissant en plan la fille qui s'éloigne en maugréant.

— T'es trop con, Melchior, évidemment que tu ne la connaissais pas, elle engageait juste la conversation parce qu'elle en voulait à ton corps.

— Tu crois ?

— Putain, comment t'es torché ! Le mec se lamente depuis des mois sur son blocage avec les filles, « Oh là là, non, j'ose pas, Marion je t'aime toujours, pourquoi tu m'as fait ça grosse pute, je suis tellement un poète romantique décadent, si, si, j'ai vu douze fois *Love Actually* », et là t'as une fille qui t'est livrée sur un plateau comme si tu l'avais commandée chez Uber Meufs et tu t'en rends même pas compte, genre non, vous vous êtes trompé dans ma commande. Mais Marion n'est pas sur le menu, Melchior, il faut que tu t'y fasses et que tu laisses une chance quand on te drague avec un grand sourire et un regard qui sent le cul. On va mettre ça sur le compte de l'alcool, allez viens, je te ramène.

Stéphane t'a raccompagné en voiture. Pour la sauvegarde de son habitacle, il a anticipé en te demandant d'imaginer que tu mangeais une blanquette de veau avant d'arriver à sa caisse. Ce n'est pas toi que maudira le propriétaire de la Peugeot 206 qui a reçu le contenu de ton estomac sur son capot. Tu as eu l'idée hilarante de glisser la carte de visite de la hérissonne sous ses essuie-glaces. Parce que dans « vomir » il y a « veau », comme dans la blanquette. Tu te félicitais encore de ta facétie en te glissant sous tes draps vingt minutes plus tard. Tu riras moins demain matin en t'apercevant que tu as oublié de te laver les dents.

6

KICKSTART MY HEART

Mötley Crüe, 1989

1er août – 20 h 30

Hermione est aussi jolie que sur ses photos, si c'est bien la jeune femme que tu aperçois, attablée seule dans ce bar de jeunes créatifs où vous vous êtes donné rendez-vous. Tu dis « jeunes créatifs » car tous les clients semblent avoir une trentaine d'années et pianotent sur le clavier de leur MacBook. Des pommes lumineuses partout. Sans doute sont-ils en train de lancer des start-up, de concevoir des logos pour des sociétés écologico-disruptives ou d'organiser des « events » extraordinaires dans des « lieux » qui le sont tout autant ? Ou peut-être sont-ils juste en train de rédiger un rapport de stage pour leur troisième année de licence management des activités culturelles et tentent-ils d'enjoliver les fonctions exercées durant leur mois passé à la MJC de Pontault-Combault ? Sinon l'endroit est plutôt sympa, branché sans en faire trop, un sol en tomettes, du mobilier de récup' dépareillé mais toujours en bois foncé, les deux serveuses n'ont pas l'air de gravures de mode prétentieuses, Pink Floyd s'échappe des enceintes.

La jeune femme attablée seule, sans MacBook mais avec un iPhone (la loi de la pomme est respectée), est bien Hermione. Tu prends place en face d'elle sur une chaise bancale et vous commencez à échanger les banalités d'usage, tu viens souvent ici, moi je ne connaissais pas, ça a l'air sympa mais je pourrai jamais revenir, j'ai pas de MacBook, j'ai un Amstrad CPC 6128, ah, ah, ah, non, en fait j'ai un MacBook, putain, je suis tellement *mainstream* et sinon tu m'as dit que tu bossais à la SNCF, c'est inouï, t'as pas des plans réducs, j'ai plus droit à la carte 12-25 depuis l'année dernière, ah, ah, ah, oui, moi je suis journaliste, nan, moins fun qu'on le croit, je suis surtout derrière mon téléphone à appeler des gens dans les maisons de disques, alors, que fait une jolie fille comme toi sur Tinder, ouais je sais, moi c'est pareil, tu y es depuis longtemps, ouais je sais, moi c'est pareil, tu as déjà fait beaucoup de rencontres, ouais je sais, moi c'est pareil, dis, tu veux pas qu'on bouge d'endroit ?

Tu te sens à l'aise. Lors de tes précédents rendez-vous, tu étais taciturne, tu essayais juste de faire bonne figure le temps que la meuf te propose de baiser. Aujourd'hui, les mots sortent tout seuls, tu relances la conversation, tu t'intéresses vraiment à ce que raconte Hermione, que tu trouves de plus en plus jolie au fur et à mesure que tu découvres sa personnalité. C'est peut-être le signe de quelque chose, finis-tu par penser. Alors que la perspective d'avoir (une fois de plus) trouvé « la bonne » te fout d'habitude la pression, te fait perdre tous tes moyens, te fait devenir stupide, ce coup-ci tu restes relativement dégagé, advienne que pourra, tu as juste envie de profiter des douces émotions qui commencent à te traverser.

Hermione semble bien profiter elle aussi, elle rit à certaines de tes blagues d'une façon qui ne te semble pas forcée et t'a semblé attendrie quand tu as galéré pour caler le pied de ta chaise avec des dessous de verre en carton. Vous réglez l'addition et migrez vers un second bar non loin du premier mais où il y a des canapés, vous jetez votre dévolu et vos vestes sur l'un d'eux pour vous trouver assis côte à côte. La discussion reprend sur vos goûts respectifs en matière de musique, littérature, cinéma, les grands classiques du tout et du rien de la séduction.

La facilité et la légèreté de la discussion (ainsi que dans une certaine mesure l'alcool) te rendent audacieux. Tu poses ta main sur son genou. C'est l'un des avantages du canapé. Si vous étiez restés chacun de votre côté de la table dans le café précédent, cela n'aurait pas été possible sans de ridicules contorsions qui auraient ruiné ta tentative. Hermione ne retire pas ta main. Elle fait celle qui n'a rien remarqué mais tu as vu passer une lueur mutine dans son regard quand tes doigts se sont posés sur elle. Tu effleures sa cuisse tout en continuant à parler, elle te répond en souriant, tu te sens tellement bien, tu voudrais que ce moment ne s'arrête pas.

9 août – 22 h 00

Tu as vu Hermione deux fois. Votre première soirée s'est terminée par une séance de langues vivantes devant sa voiture, elle devait se lever tôt le lendemain et a jugé préférable d'écourter votre rendez-vous. Oui, elle était venue en voiture. Elle t'avait bien dit qu'elle habitait Ozoir-la-Ferrière, mais ta méconnaissance en géographie t'avait laissé penser que c'était beaucoup plus près de Paris que ça. Elle en avait encore pour près d'une heure de route.

Tu l'as revue le week-end. Elle t'a invité chez elle, dans son appartement situé au cœur d'un quartier arboré mais proche des commerces, des écoles et surtout de la station de RER. Une mission pour s'y rendre, tu as mis presque une heure et demie, dont une bonne partie à attendre une correspondance entre le RER A et le RER E. Tu ne savais même pas que ça existait, un RER E, mais comme il y en a très peu, tu t'es autopardonné ton ignorance.

L'appartement d'Hermione ne t'a pas semblé correspondre à son occupante, ça t'a paru bizarre. On aurait dit l'appartement témoin d'un promoteur immobilier, un lieu dépourvu de personnalité, tu as vérifié discrètement que les cadres posés sur les étagères de la bibliothèque en pin du salon contenaient bien de vraies photos et pas l'image fournie quand on les achète.

Cette surprise passée, vous avez mangé, bu, ri, couché ensemble, bref, rempli toutes les cases de la check-list du second rendez-vous parfait, et Hermione a parfaitement rempli ta check-list de la fille avec qui tu te verrais bien passer un petit bout de temps. Voire davantage.

Cela s'est gâté le lendemain, quand elle t'a annoncé qu'elle avait mis ta photo en fond d'écran de son téléphone pour pouvoir la voir souvent et la montrer plus rapidement à ses copines. Coup de chaud. C'est flatteur, mais ça met quand même une vieille pression, non ? Oui, tu aimerais beaucoup poursuivre une relation avec elle, mais de son côté elle semble vous voir déjà mariés, avec enfants et labrador. Bon, t'es chiant aussi, ça fait des mois que tu traînes ta misère sentimentale et pour une fois qu'une fille te plaît, que tu lui plais aussi et que ça pourrait être bien parti pour durer, tu fais ta fine bouche. Tu lui as répondu ce que tu réponds toujours quand tu ne sais pas quoi répondre (à savoir « Ah ah ») et tu es vite passé à autre chose, ce qui a débouché sur un troisième rendez-vous. À Ozoir-la-Ferrière.

Ce soir-là, Hermione était fatiguée. Toi aussi, avec ton heure et demie de trajet dans les pattes. Elle t'a reçu en pyjama (ce que tu as trouvé très sexy au début), a fait réchauffer un plat Picard et vous avez comaté devant une émission de M6 qu'elle ne voulait pas rater.

Tu as halluciné. En quelques jours, vous étiez passés des discussions culturelles dans des bars à MacBook au vieux couple qui s'emmerde. Des regards malicieux l'un en direction de l'autre aux regards éteints en direction de la télé. À ce rythme-là, dans une semaine, vos dépouilles seraient dévorées par les vers.

Comment la Hermione qui te faisait tant craquer s'était-elle transformée si vite en caricature de bobonne banlieusarde ? C'est de sortir avec toi qui lui a fait ça ? Elle avait un tel besoin de se caser qu'elle a profité de ta soif d'amour et d'affection pour se jeter à corps perdu dans cette vie de couple en avance rapide ?

Tu n'as pas du tout envie de ça ! C'est même carrément flippant, comme comportement. Toi, tu ne veux pas te « caser ». Tu veux rencontrer celle qui te fera te sentir complet (oui, tu sais, tu l'as lu moult fois sur Internet, mieux vaut se sentir complet *avant* d'entamer une relation pour éviter la dépendance affective et ne pas espérer que l'autre comblera tes manques parce qu'il n'est pas là pour ça et que tu finiras par lui en vouloir de ne pas réussir à les combler et du coup la relation ne fonctionnera pas, jargon de psy mais tu t'en fous, c'est comme ça que tu le sens. Est-ce que Roméo et Juliette étaient complets avant de se rencontrer ? Tu en doutes, *idem* pour Titus et Bérénice ou pour Brad Pitt et Jennifer Aniston, et oui, tu cites des exemples qui ont mal fini, mais ça a quand même de la gueule), et tu ne t'es pas du tout senti complet à regarder *Recherche appartement ou maison* sur le canapé d'Hermione. Tu aurais nettement préféré *Recherche taxi pour me ramener à Paris.*

Vous avez quand même baisé avant de vous endormir mais pour toi le cœur n'y était plus. Hermione t'a déposé en voiture à la station Mairie-des-Lilas le lendemain matin en te lançant un « Bonne journée, mon chéri » qui t'a glacé le sang. Un peu plus tard dans la matinée, tu lui as envoyé un message qui disait à quel point tu ne savais plus où tu en étais, que ce n'était pas à cause d'elle mais à cause de toi et qu'il valait mieux en rester là, les grands classiques du tout et du rien de la séparation. Elle t'a appelé. Beaucoup de fois. Tu as bloqué son numéro. Lâche.

11 août – 15 h 00

Tu ne comprends toujours pas ce qui s'est passé. Des mois que tu te ruines la santé en cherchant par tous les moyens à échapper à la solitude. Tu avais là une occasion en or de construire quelque chose avec une fille qui te plaisait, mais non, c'est pas assez bien pour toi et tu préfères couper les ponts de façon parfaitement couarde. Est-ce que tu chérirais trop ta putain de dépression ? Est-ce que tu aurais peur de te réengager ? Parce que s'engager est le meilleur moyen de souffrir à nouveau après ? Ou est-ce que la hérissonne avait raison de dire qu'il faut d'abord vaincre le con qui est en toi avant d'espérer passer à autre chose ? Parce que même si tu ne regrettes pas vraiment d'avoir « rompu » avec Hermione, tu te dis quand même que tu as été un peu con de laisser tomber aussi vite une opportunité pareille. Mais après tout, Hermione a été aussi conne que toi, à vouloir aller aussi vite, jusqu'à te faire peur. Qui est le plus con dans l'histoire ? Qui est le plus malheureux ?

Tu te rassures en résumant tes progrès de ces dernières semaines. Car même si tu es à nouveau assis tout seul sur ton canapé et que ta plaquette de Xanax s'est vue délestée d'un comprimé il y a moins d'une heure, il te semble y en avoir eu, des progrès. Tu repenses à ce réveil vendéen où l'image de Marion 2 t'est apparue. Délicieux moment. Un sentiment de disponibilité retrouvée que la pensée de Marion 1 n'a pas réussi à ternir. Puis Hermione. Un fin bien merdique, certes, mais tu viens de vivre une relation sentimentale de une semaine et ça, ce n'est pas de la roupie de sansonnet. Ton cœur a vibré, tu as vu un avenir, tu n'as pas pensé à Marion un seul instant. Tout est à refaire, tout reste à construire, mais tu commences à sentir que tu es prêt, que les obstacles se lèvent, que tu mérites d'être heureux. Que Marion aussi mérite d'être heureuse, parce que tu regrettes un peu de l'avoir fait chier avec tes messages passionnés, insultants ou culpabilisants, et qu'elle a sans doute eu raison de te battre froid pour t'aider à faire ton deuil d'elle. Ses réponses factuelles qui te vexaient ne valaient-elles pas mieux que des réponses réconfortantes qui t'auraient fait vivre dans un faux espoir, ou que pas de réponse du tout, ce qui t'aurait poussé à tu ne préfères pas imaginer quoi ? Tu ne la détestes plus vraiment. Tu regardes le ciel par la fenêtre. Il n'y a pas un nuage. Tu vas aller à pied jusqu'à République pour acheter des vinyles à la brocante, même si les mecs se touchent un peu sur les prix. Tu pourras en profiter pour te balader un moment au bord du canal Saint-Martin (putain, on ne peut pas faire plus bobo que ça, songes-tu en te disant que c'est pas la fin du monde). Tu reprends goût tu ne sais pas encore vraiment à quoi mais la sensation est là. Tu ne te détestes plus vraiment non plus, la hérissonne avait raison. Et si Hermione t'avait servi à expulser ton connard intérieur ?

Tu débloques son numéro le temps de lui envoyer un ultime message qu'elle ne comprendra sans doute jamais. « Merci »

15 août – 13 h 00

Nouvelle photo de Marion sur Facebook, postée par une de ses potes avec qui tu es toujours « ami ». Elle est avec son mec. Ils se baignent sur une plage qui te semble normande. La photo a été prise sur le vif, donc Marion n'a pas eu le temps de poser en faisant sa belle ni d'appliquer ses retouches habituelles au cliché. Elle est plutôt moche, du coup. Son mec aussi, mais c'est normal. Tu likes, même si tu ne caresses désormais que vaguement l'espoir que Marion vienne se réfugier dans tes bras après une violente dispute conjugale déclenchée par la jalousie de son avorton de compagnon. En jetant à nouveau un œil sur la photo et en la voyant en maillot de bain, tu te dis que tu aimerais surtout qu'elle vienne se réfugier sur ta queue. Tu te dis aussi que si elle est en maillot de bain, c'est qu'il fait beau et chaud dehors, même en Normandie, alors tu ferais bien d'ouvrir tes volets, de prendre une douche et d'aller faire un tour.

24 août – 02 h 00

La montée. Lieu différent, DJ différents mais mêmes sensations. Contact de tes vêtements. Chaleur. Boule d'angoisse qui se disloque pour laisser la place à une boule d'ondes positives rythmées par le cognement impitoyable du kick. Ce soir (enfin, ce matin puisqu'il est deux heures. Putain, déjà deux heures ?), c'est Nina Kraviz qui gère les montagnes russes de sérotonine qui vont se déverser dans ton cerveau. Tu commences à avoir ton petit rituel, portefeuille-cachette, bière, bouteille d'eau, coin sombre. Tout se passe aussi bien que la dernière fois, tu trouves ça toujours aussi cool, même davantage, tu es dans un meilleur état d'esprit. Ce soir, ton cerveau est plutôt libre (oui, tu penses à Marion, mais avec de la nostalgie et non plus de la rage). Le côté love love love des molécules de synthèse qui œuvrent en toi en ce moment même en est renforcé. La dernière fois, tu étais entièrement musique, ondes, lumières et vibrations. Là, c'est encore mieux car amour et empathie s'y ajoutent sans empiéter le moins du monde sur les premiers. Tu kiffes grave ta race.

Yeux entrouverts pour laisser passer seulement un brin de lumière enfumée, cœur et pieds qui battent au rythme de la techno de la DJette russe (140 BPM, selon ton estimation qui ne vaut pas grand-chose étant donné l'état dans lequel tu te trouves), poitrine ouverte pour laisser entrer en toi les nappes de basses acides qui vrillent tes neurones. Yeux entrouverts qui laissent aussi passer l'image d'une fille un peu plus loin qui semble vivre la même chose que toi. Pas très grande, pas très mince, pas très ton genre mais qui dégage un truc qui t'attire irrésistiblement.

Tu ouvres les yeux. Tu ne te rappelles même plus les avoir fermés. Surprise, la demoiselle se trouve à quelques centimètres de toi. Tu ne sais pas qui s'est rapproché de l'autre, ta notion de l'espace est très vague. Tu effleures la taille de ta conquête potentielle qui semble ne rien remarquer. Tu poses tes mains sur ses hanches. Elle ne les retire pas. Mieux, elle tourne la tête vers toi et te sourit. Tu lui rends son sourire en te collant un peu plus à elle. Vous vous embrassez fiévreusement au moment où un énorme kick démarre dans un déluge de vibrations, c'est la folie autour de vous, tous les danseurs en transe lèvent les bras en hurlant, ça se bouscule, une épaisse fumée artificielle envahit la piste mais l'inconnue et toi êtes seuls au monde dans les bras l'un de l'autre, vos langues entremêlées, vos mains qui parcourent vos corps, toutes sensations décuplées par les substances que vous avez absorbées. Tu n'avais jamais vécu un truc pareil. Tu veux te marier avec cette fille et lui faire des enfants. Tu vous rêves chevauchant des dauphins au coucher du soleil dans la baie d'Acapulco ou dans n'importe quelle baie où le soleil se coucherait et où il y aurait des animaux à chevaucher. Il ne s'agit même pas de cul, juste de ton cœur qui enchaîne des triples lutz piqués à faire pâlir Philippe Candeloro.

Un jeune con vous bouscule en se frayant un passage vers son groupe de potes, vous faisant du même coup émerger. Tu t'en fous, tu sais que l'effet va revenir dans quelques minutes. La femme de ta vie chimique se dresse sur la pointe des pieds pour te murmurer à l'oreille un « Bouge pas, je reviens ». Tu la regardes se diriger vers les toilettes. Tu ne bouges pas. Elle ne reviendra jamais.

29 août – 21 h 00

Morne journée. Seul truc notable en allant au taf, tu étais debout, compressé contre la barre centrale parce que la rame était blindée, quand tu as entendu s'élever une voix masculine un peu hachée.

— Bonjour mademoiselle… Je ne crois pas vous avoir déjà vue… J'imagine que vous avez déjà un petit ami… Bon, ben, au revoir… Bon voyage… Vous allez à Pont-de-Sèvres ? Parce que c'est là qu'il va, le train…

Tu fais errer ton regard pour apercevoir l'origine de ce monologue. Tu discernes un monsieur pas très grand, le cheveu gras, qui pourrait avoir entre vingt-cinq et cinquante-cinq ans. Celui-ci se détourne d'une jeune femme qui prend immédiatement un air soulagé, pour se diriger vers une autre jeune femme qui prend immédiatement un air paniqué.

— Bonjour mademoiselle.

— Euh… Bonjour, murmure l'intéressée.

Puis elle baisse les yeux, espérant par ce mouvement de tête appuyé décourager l'importun.

— Je ne crois pas vous avoir déjà vue, poursuit le monsieur, répétant mot pour mot ce qu'il a dit trois minutes avant à sa précédente proie.

La demoiselle fait semblant de ne pas avoir entendu mais le type est à trente centimètres d'elle et on voit bien qu'il n'a pas envie de lâcher l'affaire.

— Euh... Moi non plus, répond la jeune femme.

Si on pouvait lire dans ses pensées, l'homme aurait eu droit à un « Bah non, parce que si je t'avais déjà vu, j'aurais couru me foutre deux wagons plus loin ! ». Mais l'homme en question ne ressent pas les choses comme ça et poursuit son énumération.

— J'imagine que vous avez déjà un petit ami ?

— Oui, oui, s'empresse-t-elle d'affirmer, voyant là l'occasion rêvée d'abréger sa souffrance.

Après quelques instants d'un silence désappointé, le monsieur reprend :

— Bon, ben, au revoir.

Mais il n'a pas l'air du tout de vouloir partir. Le voudrait-il que la masse de voyageurs agglutinés ne lui faciliterait guère la tâche. Il reste donc sur place afin de caser sa dernière tentative.

— Bon voyage.

— Merci, murmure la fille, tétanisée à l'idée que cela relance la conversation.

Et ça ne manque pas.

— Vous allez à Pont-de-Sèvres ? Parce que c'est là qu'il va, le train.

Effectivement, c'est là qu'il va, le train, mais il vient de s'arrêter à République et la jeune femme fonce vers la porte sans un mot ni un regard pour le monsieur qui sort son téléphone et se met à crier « Qu'est-ce que c'est que ça ? » après en avoir consulté l'écran pour se donner une contenance après cet échec, mais se donnant surtout l'air encore plus détraqué.

Puis il enfourne son portable dans la poche arrière de son jean et se dirige vers une fille innocente qui vient de monter.

— Bonjour mademoiselle.

Tu compatis. Tu te dis quand même que tu aimerais bien avoir cette capacité à aborder les filles aussi facilement, en espérant que tu les ferais moins baliser que ce type.

2 septembre – 17 h 30

Ça y est, Linda apparaît dans tes suggestions d'amis Facebook. Tu cliques sur son profil et ouvres de grands yeux étonnés. Fichtre, si tu en crois ce gros plan sur sa cuisse, son yorkshire Farfouille vient de mourir et elle n'a rien trouvé de mieux que de se faire tatouer sa photo en souvenir. RIP, Farfouille. RIP, match avec Linda.

7

BUT I WAS COOL

Oscar Brown Jr, 1960

10 septembre - 14 h 00

— Melchior, tu peux passer dans mon bureau, s'il te plaît ?

C'est Jean-Christophe. D'habitude, quand il a des questions à te poser, c'est lui qui traverse l'open space pour venir te voir. Il aime bien ça, se déplacer dans l'open space. Ce n'est même pas pour fliquer ses journalistes, c'est juste pour profiter de l'effervescence des conversations téléphoniques, des cliquetis sur les claviers, des regroupements autour d'un poste de travail pour mater la pose que prend un quelconque métalleux sur une série de photos fraîchement reçues. L'effervescence manque à Jean-Christophe depuis qu'il a été propulsé rédacteur en chef à la faveur du dernier rachat du magazine, le troisième en cinq ans. Il se tire très bien de cette nouvelle fonction, débordant d'idées en comité de rédaction, menant de main de maître son équipe de rédacteurs, connaissant parfaitement les goûts et les spécialités de chacun. Les publications n'avaient pas été aussi réussies depuis un bon paquet de temps.

Le problème, c'est que Jean-Christophe n'appelle jamais quelqu'un dans son bureau hors période d'entretiens individuels et d'augmentations salariales. La convocation qu'il vient de te lancer tient de l'exceptionnel. Tu te demandes ce qu'il peut bien avoir à t'annoncer. Ton départ pour un reportage scoopesque dans le milieu punk de Los Angeles ? Ton départ pour Pôle Emploi (où le milieu punk est pourtant en perte de vitesse) ? Tu ne vas pas tarder à le savoir.

Tu frappes à la porte vitrée de son bureau. Tu réponds à l'injonction d'entrer et de t'asseoir. Tu attends que Jean-Christophe ait terminé de sortir tous les goodies du coffret collector Deep Purple qu'il a reçu ce matin en service de presse et sur lequel tu aimerais bien mettre la main s'il n'en a plus besoin une fois chroniqué. Puis ton rédacteur en chef lève les yeux vers toi.

— Comment ça va, Melchior ?

Tu revois ton image ce matin dans le miroir de la salle de bains, ça allait, tu es à peu près coiffé et tes yeux ne sont pas explosés, tu as même plutôt bien dormi. Et tu as rendu ton papier sur les Fatals Picards avec moins d'une semaine de retard. Alors pourquoi cette question ? Simple politesse ?

— Euh... Bah, ça va, réponds-tu avec cette éloquence qui te caractérise si bien.

— On ne dirait pas, mon vieux.

L'option « simple politesse » vient d'en prendre un coup. Ton chef poursuit.

— Sans déconner, je t'ai déjà prévenu l'autre fois, ça n'a pas l'air d'avoir porté ses fruits. Du tout. T'arrives toujours super tard, tu pars toujours super tôt, ton dernier papier est une catastrophe, t'as l'air aussi guilleret que si tu venais de mater l'intégrale de Ken Loach. Qu'est-ce qui t'arrive encore ?

Merde, toi qui pensais donner le change avec succès, tu t'es trompé. Jean-Christophe t'a démasqué alors qu'il n'est pourtant pas le plus fin psychologue que tu connaisses (façon de parler, la seule psychologue que tu connaisses, c'est la hérissonne, et dans le genre pas fin elle se pose aussi un peu là). En plus, les admonestations de ton rédacteur en chef tombent un peu comme un cheveu sur la soupe, parce que en ce moment tu te considères plutôt dans une spirale positive et que ta boulangère t'a dit que tu avais bonne mine pas plus tard qu'hier soir. Jean-Christophe doit penser à te passer ce savon depuis un moment, mauvais signe. Tu joues quand même le jeu pour connaître le fin mot de l'histoire.

— J'ai toujours des soucis persos, marmonnes-tu.

— Ouais, je sais, Radio Moquette raconte que tu t'es fait larguer par ta meuf, mais ça fait déjà un petit moment, non ? C'est pas la fin du monde non plus, bordel.

Putain de Radio Moquette. Comment tes collègues ont-ils deviné ? Tu es donc si transparent que ça ? Puisque Jean-Christophe semble au courant de tout, tu te laisses aller à lui déballer deux, trois trucs.

— Oui, je me suis fait larguer et j'ai beaucoup plus de mal à m'en remettre que la logique ne le voudrait. Du coup je carbure au Xanax et ça m'embrume le cerveau. Du coup j'ai pas la force mentale de me donner un coup de pied au cul pour m'en remettre. Du coup je ne m'en remets pas. Du coup je carbure au Xanax. Du coup c'est la merde.

Ton chef hoche du chef.

— Bon alors, premièrement, je ne te confie plus de dossiers ni d'articles de fond pour le moment. Je te mets sur les pages des news. Pondre un feuillet par-ci par-là sur le nouveau régime jeunesse de Keith Richards et demander des photos DR aux maisons de disques, ça devrait rester dans tes cordes.

Attente de ta réaction. Ça t'en touche une sans faire bouger l'autre. Tu demandes :

— Et deuxièmement ?

— Deuxièmement ? Non, y a pas de deuxièmement. Ah, si. Sans déconner, Melchior, mollo sur le Xanax, c'est vraiment une saleté. Va courir, va boire des verres avec tes potes, tape-toi des meufs, mais arrête la chimie.

Tu as envie de lui répondre que tu expérimentes déjà toutes ces pistes, plutôt en vain, mais tu te contentes d'un :

— OK, J.-C., on va essayer ça. Pas de souci pour les news, merci.

Tu retournes à ton bureau, t'assieds lourdement sur ta chaise et composes le numéro d'Universal pour t'enquérir de la santé de Keef the Riff.

10 septembre – 23 h 00

Ta journée s'est mieux terminée qu'elle n'avait commencé.

Déjà, tu as réussi à choper une news sympa sur le guitariste des Stones et la maison de disques t'a envoyé plein de photos récentes en haute déf que tu n'avais jamais vues. Satisfaction.

Ensuite, Mickaël t'a proposé d'aller boire un verre vendredi soir. En semaine il ne peut pas, il a un planning chargé de femme et d'enfants. Il a aussi repéré ta dégaine de zombie ces derniers mois, ta convocation par le boss, il a eu pitié de toi et s'est décidé à te divertir. Sympa de sa part. Tu t'es demandé s'il n'était pas un peu catho sur les bords mais tu as bien vite évincé cette hypothèse quand des images de lui à un concert des Wampas auquel vous étiez allés ensemble te sont revenues à l'esprit. Se renverser une pinte de bière sur la tête pour montrer son contentement d'avoir bien pogoté ne fait pas partie de l'ADN du bon chrétien.

Enfin, ton téléphone a vibré en milieu d'après-midi à la faveur d'un nouveau match. Elle s'appelle Colombe. Elle est très jolie. Il s'est passé un truc quand tu as regardé ses photos, pas comme s'il y avait eu une décharge électrique qui t'avait fait lâcher ton appareil, mais un truc quand même, un sentiment de connivence, une impression d'un pourcentage de compatibilité supérieur à la moyenne, une émotion diffuse. Parfait. Tu as discuté de choses et d'autres en pointillés (tu ne pouvais pas passer ton temps vissé à ton portable en sentant le regard de Jean-Christophe qui se posait régulièrement sur toi à travers la vitre de son bureau), mais il faut avouer que ces pointillés étaient très agréables. En plus d'être physiquement assez à ton goût, Colombe est cultivée, voire un brin intello (mais tu dis peut-être ça juste parce qu'elle porte des lunettes), et possède un grain de folie qui rend l'ensemble à la fois très intrigant et très attrayant. Tu as décidé de ne pas brusquer les choses. Ça pourrait être Elle. Encore une fois.

14 septembre – 10 h 00

La surprise du jour. Marion a liké la nouvelle photo de profil que tu as mise sur Facebook !

Bizarre. Pas son genre. Généralement, peu lui importe ce qui ne la concerne pas. Et là, ça ne la concerne vraiment pas du tout. Après ton verre avec Mickaël, tu as passé la fin de ta soirée d'hier à travailler ce selfie à la con dans le but machiavélique d'écrire à Colombe un truc du style « Hé, t'as vu, j'ai mis une nouvelle photo de profil sur Facebook ! », l'imaginant se précipiter pour consulter ta page et se pâmer devant ta fière allure. Tu notes quand même de lire un jour *Le Prince* parce que tu n'es pas certain que « machiavélique » désigne des idées foireuses comme les tiennes.

Photo destinée à séduire Colombe, réaction de Marion dans la foulée. Le signe de quelque chose ? D'un éventuel retour de ton ex dans ta vie ? Du talent d'observation de Marion qui trouve que sur cette photo tu as l'air d'aller pas trop mal et qui s'en réjouit ? Ce qu'un simple like peut entraîner comme questionnements existentiels…

Pas de réaction de Colombe, en revanche. Tu allumes une clope.

20 septembre - 22 h 30

Colombe est vraiment formidable. Tout ce que tu connais d'elle, c'est trois photos (dont seulement une est à peu près réussie, mais après quelques jours passés à chatter avec elle, tu t'es aperçu que ça faisait partie du personnage, tout en contrastes, elle est belle sur des photos moches, elle est à la fois prude et complètement folle, elle ne se trouve pas cultivée mais te fait découvrir des pépites de la soul des années soixante, bref, vos petites conversations sont enthousiasmantes) et le fait qu'elle habite le même arrondissement que toi, mais tu craques complètement. D'ailleurs, t'es débile, si tu relis bien la parenthèse de la phrase précédente, tu connais vachement de choses sur elle, en fait. Tu ne penses qu'à en découvrir davantage. Tu n'es pas allé stalker le Facebook de Marion depuis au moins trois jours, c'est dire si tu as la tête ailleurs. Tu as super hâte de voir Colombe en vrai. Elle, non. Pas parce qu'elle a quelque chose à cacher, pas parce qu'elle te fait juste marcher et qu'en fait c'est un faux profil créé par un Ivoirien qui veut te piquer ton pognon à coups de mandats Western Union, non, juste parce que c'est une jeune femme romantique qui se la joue héroïne de Jane Austen devant envoyer des tas de lettres à ses sœurs et à sa mère afin de faire le point sur ses sentiments et avoir leur autorisation d'envisager plus ou moins sereinement d'adresser la parole au fils du châtelain voisin dont elle est amoureuse mais craint la réaction. Enfin bon, elle est romantique et ça te plaît, alors tu n'insistes pas, tu ne veux pas l'effaroucher.

Stéphane s'est foutu de ta gueule hier soir aux Furieux, genre « Arf, arf, mauvais plan, elle va te faire mariner et elle trouvera toujours une excuse pour ne pas te voir. Qu'est-ce qui te fait dire que c'est pas un mec ? Ça pue, ton truc. T'es grave, en plus, t'as même pas remarqué que Lucie arrête pas de te mater depuis que t'es arrivé. Elle a bien picolé, de surcroît, t'as trois pas à faire, deux mots à dire et tu rentres avec elle ce soir. Pourquoi tu te fais chier à faire un blocage sur un profil Tinder ? ».

Il avait pas tort. La Lucie en question vient aux Furieux aussi souvent que toi et vous vous tournez autour depuis quelque temps, un clin d'œil par-ci, un « Hello, ça va ? » par-là. Elle est super jolie mais a l'air complètement conne alors tu as toujours hésité à franchir le pas. Mais là, c'est non merci. Colombe, juste Colombe. Ta romantique du cyberespace. Que tu rencontreras un jour. Ou pas. En fait, tu es peut-être complètement con toi aussi, non ?

25 septembre – 21 h 00

C'est l'anniversaire de Marion. Tu as oublié de désactiver le rappel dans ton calendrier Google et Google n'oublie rien.

Tu te remémores cette date il y a pile un an. Par une singulière coïncidence, c'était aussi l'anniversaire de Marion. Tu avais rameuté un bon nombre de ses potes dans un bar, vous aviez picolé, dansé, baisé en rentrant à cinq heures du mat' alors que vous bossiez tous les deux le lendemain. Cool soirée, en somme.

Aujourd'hui tu es tout seul. Tu as galéré sur tes news au journal, Colombe ne t'a pas envoyé de message depuis deux jours parce qu'elle est en visite chez une copine en Italie (genre ils ont pas la 4G, les Italiens, ils se contentent de la 4 fromages), enfin bref, le seul point commun entre aujourd'hui et il y a un an, c'est que tu picoles, tu en es déjà à ta troisième bière.

Tu prends ton courage à deux mains. L'une qui tient le téléphone et l'autre qui pianote sur le clavier « Happy birthday Marion ! » avant d'appuyer sur la touche « Envoyer ». Puis tu ouvres Tinder pour aller admirer pour la centième fois les trois photos de Colombe.

Tu glisses quelques profils vers la droite histoire de faire bonne mesure mais la motivation n'est plus là. Tu envoies un message à Colombe. « C'est quand, ton anniversaire ? »

Deux minutes plus tard, ton téléphone vibre. Tu vas connaître la date de naissance de ton héroïne austenienne et pouvoir passer la soirée à vérifier votre compatibilité sur Horoscope.com, parce que même si tu sais pertinemment que c'est des conneries, tu trouves ça rigolo et ça donne des sujets de conversation aussi débiles que les statistiques sur les prénoms.

« Merci ! J'espère que tu vas bien. Je t'embrasse »

Putain, Marion. Tu avais anticipé une réponse du type « Lâche-moi un peu la grappe, bordel ! », « Il faut tourner la page, Melchior », ou pas de réponse du tout, mais là, tu restes sur le cul. Elle t'embrasse, carrément ? Qu'est-ce qui lui prend ? Dans la douce torpeur de l'alcool qui commence à t'envelopper, tu pousses le bouchon. « Ça va très bien, merci. J'espère que tout est OK de ton côté. Je t'embrasse aussi » L'heure de la quatrième bière a sonné.

5 octobre – 20 h 00

Enfin ! Colombe a accepté de te rencontrer. Tu lui as manqué durant son excursion transalpine. Le fait est qu'il est réellement difficile de capter la 4G dans certaines zones des Pouilles, ce qui est une honte et peut-être même une contrepèterie, en cherchant bien. Sa copine (bénie soit-elle) lui a ordonné de franchir le pas quand elle lui a raconté vos échanges tinderiens. Si les héroïnes de Jane Austen étaient italiennes, *Raison et Sentiments* compterait certainement beaucoup moins de pages.

Angoisse du premier rendez-vous. Rendez-vous que tu lui as donné aux Furieux, histoire de ne pas cumuler découverte de Colombe et découverte d'un nouveau bar (si tu peux éviter d'interrompre votre conversation romantique en interpellant un serveur avec la phrase « Excusez-moi, les toilettes, s'il vous plaît ? », ça t'arrange plutôt). En plus de l'emplacement des commodités, aux Furieux tu connais tout le monde et tu penses que ça te donnera de la prestance, pour peu que Colombe apprécie la prestance conférée par la fréquentation assidue d'un débit de boissons alcoolisées.

Problème de fringues, maintenant. Tu voudrais être chic, tu sais que Colombe apprécie le style dandy un peu décadent. Les Furieux, c'est plutôt cuir et clous. Tu optes pour du jean bleu/tee-shirt blanc/blouson noir, que tu accessoirises d'un badge affirmant avec conviction « 5 fruits et légumes par jour ? Non, merci ! » (en un truculent pastiche du slogan antinucléaire des années soixante-dix), ainsi que d'une longue écharpe bordeaux, parce qu'il caille sa race dehors. Tes boots marron, et te voilà paré.

Dès ton arrivée, tu salues quelques personnes en en faisant des tonnes pour que Colombe, au cas où elle serait déjà sur place, remarque à quel point tu as une vie sociale saisissante. Tu t'emmerdes pour rien, pas de Colombe en vue. Tu arrêtes de gesticuler et tu vas prendre place dans un des larges fauteuils en cuir qui meublent le fond du bar, prenant soin de poser ton sac sur le fauteuil d'en face pour réserver la place.

Tu lui envoies un message. « Je suis là ! », accompagné d'un smiley souriant, qui porte assez bien son nom. La réponse te parvient cinq minutes plus tard. « J'achète des clopes et j'arrive ! », accompagné d'un smiley qui rougit, que les plus anglophones pourraient sans doute qualifier de « *blushey* ». Tu aurais aimé qu'elle précise si le tabac vers lequel elle se dirige est plutôt à côté de chez elle ou s'il s'agit de celui qui jouxte les Furieux, mais bon. Tu commandes une bière pour patienter, le cocktail de dandy décadent attendra que vous soyez deux.

Une demi-heure plus tard, tu as terminé ta bière et ton sac occupe toujours la place en face de toi. « Tu en es où ? » envoies-tu. « Je suis devant, j'ose pas entrer… », répond Colombe. Tu ne sais pas si tu dois trouver ça mignon ou affligeant. Tu te décides pour mignon. « Allez, viens, ta place t'attend… » Réponse qui arrive aussi sec : « J'ai peur que ça casse quelque chose, si on se rencontre en vrai… » assortie d'un smiley triste, que les plus linguistes pourraient sans doute qualifier d'oxymore. Tu comprends son point de vue. Toi aussi, tu as peur que le bourgeon de votre relation se fasse bouffer par le corbeau de la réalité, mais tu crèves aussi d'impatience comme ça ne t'était pas arrivé depuis belle lurette et peut-être plus longtemps encore. « Bah si on ne tente pas, on ne saura jamais », philosophes-tu. Réponse surprenante : « Je te propose un truc. Tu me dis précisément où tu es assis, je viens m'asseoir à la place que tu m'as réservée mais on ne se salue pas, on ne dit rien, on continue à s'envoyer des messages comme si de rien n'était. Ça fera une espèce de sas entre le virtuel et la réalité. Tu en penses quoi ? »

Tu es surpris mais tu n'en penses que du bien. Trop forte, cette fille ! Ce côté comédie romantique américaine t'amuse. « Let's do this ! » acceptes-tu à grand renfort de smileys ravis. Les secondes qui suivent sont interminables. Puis tu sens une présence dans ton dos, qui te contourne et vient prendre place en face de toi. Elle ne ressemble pas du tout à ses photos. À la limite, tu t'en fous, d'à quoi elle ressemble, tu ne réussis même pas à l'appréhender globalement. Ses yeux, d'une couleur indéfinissable mais avec une lueur qui te liquéfie. Ses cheveux noirs, longs et coiffés n'importe comment qui l'obligent à secouer un peu la tête et à souffler vers le haut pour les virer de devant ses lunettes en un geste qui te fait tout de suite craquer. Ses jambes, grandes, qu'elle n'a pas l'air de savoir comment positionner une fois assise, comme un bébé poulain qui essaye de se déplacer pour la première fois. Tu trouves ça trop mignon, les bébés poulains. Tous les atomes de ton corps se mettent à vibrer, magnétiquement attirés par cette apparition. Tu croises les doigts dans ta tête (ce qui est super balaise à faire, même pour les yogis confirmés) pour que cette vibration soit réciproque. Colombe n'en laisse rien paraître. Son visage est serein mais tu ne saurais deviner si tu lui plais ou pas. Elle se saisit de son téléphone. « Hello, mister ! »

6 octobre – 10 h 00

Tu as passé une des meilleures soirées de ta vie ! « Alors que t'as même pas baisé ! » a ironisé Stéphane quand tu lui as raconté sur WhatsApp. Oui, alors que t'as même pas baisé. Tu t'en fous, tu n'avais pas ressenti ça depuis des lustres. Le « Hello, mister ! » de Colombe a été suivi par quelques centaines (milliers ?) de messages. Vous n'avez pas desserré les lèvres de la soirée, à part pour vous sourire. De plus en plus. La complicité que vous aviez établie dans le monde virtuel a forcé petit à petit le passage vers la réalité. Vous avez blagué, vous vous êtes confiés, vous avez commenté ce qui se passait autour de vous. Vous avez bu, aussi. Pas mal. Pas suffisamment pour perdre le contrôle. Ce n'était pas le but. Puis vous êtes sortis des Furieux à la fermeture et vous avez pris un Uber dont le chauffeur n'a pas paru prendre ombrage de votre mutisme. Nouvelle salve de messages à l'arrière de la Peugeot 608, dont la banquette trop large ne permettait malheureusement pas à vos corps d'entrer en contact. Déposé en premier, tu es sorti de la voiture en essayant d'avoir l'air détaché. Tel Orphée, tu t'es retourné au dernier instant, le temps d'apercevoir un sourire en coin naître sur les lèvres de celle qui vous fait tant vibrer, toi et ton téléphone. Tu as espéré que cet Uber n'était pas les Enfers et que votre destin serait plus radieux que celui du fils de Calliope. Puis tu as regardé la voiture s'éloigner en envoyant un « Bye, miss ! ».

Message suivi de nombreux autres une fois Colombe rentrée chez elle, si bien que tu n'as dormi que trois heures et que ton dimanche est déjà bien entamé. Tu flottes. Tu as hâte de la revoir. Ça pourrait tellement être Elle.

9 octobre – 21 h 00

« *It's good !* » Petit message de Colombe en réponse à un lien que tu lui as envoyé vers une vidéo de Cry of Love, le meilleur groupe de *southern rock* du monde quand les Black Crowes sont malades, malheureusement ultra confidentiel et appelé à le rester puisque le chanteur est mort depuis quelques années. « *I know* », as-tu écrit en retour, piquant une réplique de John Cusack dans l'adaptation du roman *High Fidelity*, quand on lui fait la même remarque à propos de *Dry the rain* par The Beta Band, qui passe en fond sonore dans sa boutique de disques. Du coup, ce mini-échange t'a donné envie de revoir le film, dont le générique de fin défile maintenant devant tes yeux. Tu adores toujours autant, tu viens de passer un excellent moment, qui plus est accompagné de bières artisanales pas dégueulasses du tout dont un petit label indépendant avait fait livrer deux caisses à la rédaction de *Rock&Stone* la semaine dernière.

Dans *High Fidelity*, le « héros » passe son temps à faire des listes. Ça lui permet d'y voir plus clair dans sa tête et dans sa vie. Si on en croit le *happy end*, ça a l'air de lui réussir. Encouragé par les bières artisanales, tu te décides à tenter le coup.

C'est parti !

Top 5 des choses que tu regrettes chez Marion :

- Le cul. C'est bon, on a compris, c'était une expérience quasi mystique, tu vas arrêter de saouler tout le monde avec ça.
- Le flash de votre première rencontre, ce coup de foudre indescriptible annonciateur de la meilleure période de ta vie. De la pire, aussi.
- Sa culture musicale. Vous étiez diamétralement opposés à ce niveau, mais elle t'a fait écouter des sons géniaux vers lesquels tu n'aurais jamais pensé aller de toi-même.
- Son grain de beauté sur la nuque. Un truc qui t'attirait, tel la mouche que portaient les femmes au XVIIIe siècle.
- Son côté badass, même si ce n'était qu'une façade et qu'en réalité Marion était la meuf la plus *mainstream* du monde, toujours à se rallier à l'opinion du dernier à parler, grande gueule mais sans prendre de risques.
- Le cul. Putain, ça devient limite agaçant, Melchior, en plus on avait dit Top 5.

Top 5 des choses qui te plaisent chez Colombe :

- Le non-flash de votre rencontre. Vous avez longuement discuté par messages, vous ne vous êtes vus que deux fois et c'est encore platonique. Mais tu sais au fond de toi que cela augure quelque chose de certainement beaucoup plus solide que ta passion éclair avec Marion.

- Sa culture musicale. Elle est soul à fond, ce n'est pas ta tasse de thé mais elle maîtrise parfaitement son sujet. En plus, ces échanges musicaux sont réciproques, Colombe s'intéresse à ce que tu écoutes alors que Marion s'en tapait le coquillard.
- Son grain de folie. Marion se croyait ultra déconne mais dès qu'il s'agissait de passer à l'acte, elle se dégonflait par peur du regard des autres. Colombe est très rafraîchissante à ce niveau, tu l'as vue sauter à la corde en plein rue avec le câble de ton casque (qui est démesurément long, tu n'as jamais compris pourquoi, peut-être une sorte de bluetooth filaire mais ce concept te semble un chouïa fumeux) parce que vous veniez de voir une petite fille le faire et qu'elle se demandait si c'était jouable avec des talons. Elle s'est vautrée, évidemment, mais ça l'a fait encore plus marrer. Et ça t'a fait complètement craquer.
- Son physique. Colombe n'est pas spécialement ton style, à la base, mais c'est peut-être justement pour ça que tu fonds quand tu la regardes. En tout cas c'est bizarre. Et excellent.
- Vos discussions sans fin. Marion était toujours vissée sur son téléphone. Certains soirs, vos dialogues se limitaient à « Tu veux une assiette ? » pour savoir si ça valait le coup de se taper de la vaisselle pour la pizza que vous aviez commandée, un morceau de Sopalin suffisait souvent.

Tu te relis. En fait, les listes, c'est pas objectif du tout. Tu viens de dresser un portrait monstrueux de Marion. Pourtant, sa nouvelle photo de profil Facebook qu'elle a postée pas plus tard qu'hier a encore fait bondir ton cœur dans ta poitrine (tu restes persuadé qu'il a toujours existé et qu'il existera toujours une connexion surnaturelle entre vous, c'est pas possible d'avoir souffert comme tu as souffert et que ça ne repose sur que dalle). Tu l'aimes encore, putain.

À l'inverse, tu brosses une vision idyllique de Colombe alors que la soul te saoule et qu'une petite voix te prévient que son grain de folie pourrait bien s'avérer super pénible à la longue. En plus, vous n'avez même pas encore baisé. Mais ces derniers mois ont créé tellement de vide dans ton cœur qu'il y a largement la place pour elle aussi, elle peut même y sauter à la corde si elle veut.

Tout à tes classements, tu n'as pas remarqué que Colombe t'a envoyé un nouveau message. Un lien vers *Let's Get It On* de Marvin Gaye, la chanson finale de *High Fidelity* version ciné. Cette fille est trop forte ! Elle peut laisser tomber la corde pour sauter dans ton cœur à la perche.

10 octobre – 23 h 00

Le courant passe bien avec cette Margaux. Tu pensais que l'alchimie tinderienne ne pourrait pas aller au-delà de ce que tu vis avec Colombe. Pas si sûr. Bon, tu sais que ce n'est pas son vrai prénom, elle a prévenu, elle ne t'a pas encore révélé le vrai. Pour le reste, mazette ! Un demi-corps de rêve (sa seule photo de profil montre uniquement deux jolies jambes s'achevant par des pieds charmants aux ongles qui ont la bonne idée de ne pas être vernis), goûts musicaux qui se rapprochent des tiens de façon hallucinante (qui apprécie *Casualties* de Die Unbekannten à sa juste valeur à part toi, normalement ?), bosse dans l'édition, proche cousine de la presse qui te nourrit. La fille parfaite. Trop parfaite ? Colombe est loin d'être parfaite, mais dans la catégorie « Possible femme de ta vie » elle figure en haut du classement, donc ça ne veut pas dire grand-chose. Jusqu'où va monter Margaux la parfaite ? Peut-elle dépasser Colombe l'imparfaite ?

Tout a commencé il y a trois jours par une classique vibration de ton téléphone. Sauf que là, tu ne t'y attendais vraiment pas (depuis que tu as rencontré Colombe, tu ne retournes sur Tinder que très occasionnellement, quand il est tard, que tu t'ennuies ou que tu as encore besoin de reconnaissance, ce qui fonctionne pourtant rarement avec ce genre d'application). Tu ne te rappelles pas avoir glissé à droite plus que ça ces derniers temps, ce nouveau match est donc tombé du ciel.

Technique habituelle des dix minutes, un test d'humour qui s'est bien passé, la conversation qui prend des tours culturels, des tours délires, des tours intimes. Margaux et toi avez bien accroché et vous avez échangé quelques centaines de messages depuis. Bref, les algorithmes ont bien bossé pour la seconde fois en pas longtemps. Tu entends la voix de la hérissonne qui te murmure à l'oreille que les algorithmes n'ont rien à voir là-dedans, que c'est juste parce que tu te sens mieux et que quand on se sent bien, on rayonne et on attire tous les trucs cool qui passent. Et que dans « algorithme », il y a « *Go !* », alors tu ferais mieux de foncer. *Go*, Melchior, *go !*

Ça fait un peu chier quand même. Colombe est top. Les deux soirées que vous avez passées ensemble ont été tes meilleures depuis un bail. Mardi soir, dans un bar à cocktails Art déco du XIe arrondissement avec boiseries, grands fauteuils, lumières tamisées et musique lounge, vous avez continué à communiquer par messages, de plus en plus osés au fur et à mesure que les alcools parfumés infusaient dans vos veines. Tu chopes une érection rien qu'en y repensant. Elle a un regard qui te fait fondre, vous vous envoyez des tonnes de textos à n'importe quelle heure du jour ou de la nuit, tu es justement en train de sourire comme un débile en pensant à tout ça, ça compte, non ? Le problème, c'est que ça ne se passe pas moins bien avec Margaux. En plus, celle-ci est moins farouche que Colombe, tu sens que le premier rendez-vous se fera nettement moins attendre. Là, tu seras vraiment dans la merde. Pourquoi est-ce que tu es retourné sur cette putain d'application alors que tu savais très bien avoir trouvé la perle rare ? Pour choper une perle encore plus rare ? Quand est-ce que la quête est censée s'arrêter ? Pourquoi a-t-il fallu qu'une fille comme Margaux te matche alors que tout allait bien pour toi ? Hérissonne, ô hérissonne, tout cela est-il vraiment une bonne chose ?

La voix te susurre que dans « algorithme », il y a aussi « algue », mais ça ne t'avance pas beaucoup.

11 octobre – 20 h 00

Morne journée. Seul truc notable en rentrant du taf, une dame assise sur un strapontin, dans le métro. Tu pouvais pas la louper car il y avait beaucoup de monde et que, en pareille circonstance, toute personne bien éduquée se serait levée pour libérer un peu d'espace, mais elle non, limite si elle ne soupirait pas d'exaspération parce que les gens massés l'empêchaient d'étendre ses jambes.

Elle a tiré deux livres d'une pochette Fnac sortie de son sac. Un Jean-Paul Dubois, que tu as reconnu parce que Mickaël est en train de le lire et que tu l'as aperçu sur son bureau hier matin, et un polar *a priori* nordique étant donné le nombre effarant de consonnes dans le nom de son auteur. Elle a lu les résumés, a regardé les couvertures en détail, a commis une moue hésitante puis a replacé le Dubois dans la pochette pour entamer la lecture du polar, sans se soucier des regards outrés que posait sur elle la masse des voyageurs debout et compressés.

Deux minutes plus tard, elle a rangé son livre en secouant la tête et a sorti le Dubois dont elle s'est mise à lire les premières pages. Puis elle a fermé l'ouvrage, est restée pensive quelques instants, avant de le ranger à son tour pour reprendre la lecture du polar en fronçant les sourcils.

À la station Havre-Caumartin, le type debout à côté de toi, un grand barbu en pantalon de velours côtelé et gros pull en laine dans la plus pure tradition du prof d'histoire-géo, a crucifié la dame du regard et lui a lancé :

— En fait, la victime avait une sœur jumelle, c'est elle l'assassin.

Avant de descendre de la rame en bousculant les autres passagers dans sa précipitation.

La dame a murmuré « Connard ». Quand elle est sortie deux stations plus loin, tu as remarqué qu'elle avait abandonné le polar sur son siège.

Tu t'es dit qu'en ce moment, tu ne traiterais certainement pas de connard un mec qui mettrait un terme à tes tergiversations, peu importe si c'est pour te faire chier. Ce mec-là, tu l'embrasserais sur la bouche. Même s'il était barbu.

13 octobre – 15 h 00

Tu as besoin de faire le point. Un sacré point, même. Le temps est doux, tu t'accoudes à la fenêtre du salon, tu allumes une clope, tu vérifies qu'il ne se passe rien de trop passionnant dans la rue cinq étages plus bas et tu commences à gamberger.

Le fait est qu'après une sérieuse période de disette, tu as presque deux meufs en même temps. Tu commences à tomber amoureux de Colombe. Tu sais que même s'il ne s'est encore rien passé de physique entre vous, quelque chose va advenir, ça se voit comme le nez au milieu de la figure, c'est une de ces évidences qui sont… oui, voilà, évidentes. Cela te rend heureux. Plus tu la découvres, plus Colombe correspond à ton idéal. Elle est belle, elle est drôle, elle est douce, elle est folle, elle est prude, elle est trash, vous n'avez même pas besoin de parler pour communiquer. L'idéal, oui. Mais Margaux… Putain, Margaux ! Là aussi, on peut parler d'évidence évidente. Tu ne sais toujours pas à quoi elle ressemble (même si elle a ajouté à son profil une deuxième photo cadrée sur un œil et une mèche de cheveux bruns artistiquement floutés), tu ne connais pas son vrai prénom, mais cette fille réussit à lire en toi comme personne. Ce n'est même pas que vous n'avez pas besoin de parler pour communiquer, c'est que vous n'avez pas besoin de communiquer du tout, vous vous devinez. On pourrait parler d'âme sœur tant il se dégage de vos échanges quelque chose de surnaturel, une connexion directe avec l'Univers. La seule ombre au tableau, c'est que ça ne va que dans un sens. Autant tu es pour elle un livre ouvert, autant elle reste pour toi un mystère. Mais c'est tellement sexy, le mystère.

Du coup, oui, tu as presque deux meufs en même temps. Presque, parce que la première se refuse toujours à toi, en bonne héroïne du XIXe siècle qu'elle est, et parce que la seconde n'existe pour le moment que dans ton téléphone. Le jeu est dangereux. Tu sais qu'il va se passer quelque chose avec la première, tu sais que tu ne refuseras pas un rendez-vous avec la seconde. Tu vas te transformer en personnage de Feydeau en moins de temps qu'il n'en faut pour le dire. Et ça, tu n'aimes pas. Tu ne comprends même pas comment ça a pu se produire. Ça t'énerve, ça fait seulement un mois que tu te sens mieux et tu en es déjà à t'emmêler le cerveau pour choisir entre deux filles que tu veux et qui te veulent.

Putain de Tinder. Trop de choix. Trop d'opportunités. Trop de course à la perfection. Oui, merci beaucoup, Tinder, d'avoir mis Colombe sur ta route. Vous ne vous seriez certainement jamais rencontrés sinon. Si tu avais croisé Colombe dans un bar, tu n'aurais jamais osé l'approcher. Si tu avais fini par franchir le pas, elle t'aurait planté au bout de deux phrases, tu es un dragueur de merde. Grâce à cette application magique, vous avez non seulement pu vous assurer que vous vous appréciiez physiquement, sinon pas de match, mais vous avez pris votre temps, tu as ciselé tes répliques, installé une progression, avec pour résultat ce truc fou que vous vivez aujourd'hui. Non, pas merci, Tinder, du tout, pour t'avoir permis de croiser le chemin de Margaux. Le match de trop. Le match qui va tout faire foirer. Tu sais que tu ne pourras pas t'empêcher d'aller jusqu'au bout, tu es accro. Tu vois gros comme une maison que Margaux va faire foirer ta relation avec Colombe, ce qui fera foirer par la même occasion ta relation avec Margaux parce que tu te demanderas toujours ce que ça aurait donné si tu ne l'avais pas rencontrée. Bah alors, cite une bonne raison de ne pas dématcher Margaux pour vivre heureux avec Colombe jusqu'à ce que la mort vous sépare. L'Univers. Le truc surnaturel. Maintenant que tu t'es initié à la psycho, tu peux croire n'importe quoi, tu vois des signes partout, tu sens au fond de toi que ça vaut la peine de se lancer. Comme dit le mari de ta boulangère (ton boulanger, du coup) quand tu le surprends en train de regarder le cul d'une cliente qui sort : « C'est pas parce qu'on est au régime qu'on n'a pas le droit de regarder le menu ! Ah, ah, ah… » Putain de Tinder, avec son menu beaucoup trop grand pour toi.

19 octobre – 15 h 50

Tu es dans le métro. Tu te demandes toujours ce que tu fous là. Qu'est-ce qui t'a pris d'accepter ce rendez-vous ? Tu n'as pas encore compris ? À un moment, il faut s'arrêter. Tu lui reproches un truc, à Colombe ? Non. Alors pourquoi est-ce que tu es assis dans cette rame de la ligne 2, ton casque vissé sur les oreilles ? Parce que tu as toujours un putain de dernier doute. Parce que Margaux a déclenché chez toi un truc qui te dépasse. Parce que c'est peut-être elle, la bonne. Putain, tu sais même pas à quoi elle ressemble ! « Un sac rouge qui flashe. » C'est tout ce que tu as comme élément pour la reconnaître. Elle est soit très belle, soit affreuse. Une chance sur deux, mais elle a tellement l'air d'être faite pour toi ! Mais Colombe aussi, elle est faite pour toi. T'es vraiment con, sérieux. Couronnes. Tu descends à la prochaine. Tu te lèves pour vérifier ton reflet dans la vitre de la porte avant d'arriver. Tu retires ton casque et tu te recoiffes. Tu te souris. Ton reflet a l'air crispé. Tu sais que tu joues avec le feu, que tu es en train de faire une connerie. La porte s'ouvre et tu descends.

La surface. L'air libre. Le boulevard de la Villette. Les putes chinoises avec leurs collants tout plissés qui ne ressemblent à rien. Tu marches vers le Café Chéri(e). Tu penses à Colombe. Tu te jures que c'est la dernière fois, que tu désinstalleras Tinder dès ce rencard terminé, quelle qu'en soit l'issue. Pourquoi a-t-il fallu que Margaux corresponde tellement à ton idéal ? Tu ne sais quasiment rien d'elle, à part qu'elle a l'air de te connaître mieux que toi-même. C'est quand même un signe, ça, non ? Ça aurait été dommage de ne pas tenter le coup ! Tu te déculpabilises comme tu peux. Puis tu l'aperçois.

Le sac. Rouge. Qui flashe. Tu es encore à cinquante mètres du bar mais tu ne vois que lui. Tu accélères sans en avoir conscience. Le sac est posé sur une table. Un gros monsieur en parka noire te cache sa propriétaire. Vingt mètres. Le trottoir devient super large. Tu te décales pour que le gros monsieur ne soit plus dans ta ligne de mire, et tu vois Margaux pour la première fois.

Elle est de dos, mais même de dos, tu sais déjà qu'elle est faite pour toi. Grande, brune, une coupe à la garçonne. Un grain de beauté dans la nuque que tu connais si bien et que tu pensais ne plus jamais revoir. Ton cœur rate un battement. L'Univers t'a fait signe. Tu sais ce qu'il te reste à faire.

ÉPILOGUE

Tu as bien fait. Quand je te vois, là, devant moi, mettre le foutoir au milieu du salon en classant tes disques par couleur de pochette, j'ai le même sourire idiot que lors de notre premier rendez-vous, quand on s'envoyait des tonnes de messages alors qu'on était assis l'un en face de l'autre. Toi, quand tu lèves les yeux de tes piles poussiéreuses, tu me regardes écrire sur mon « MacBook de bobo à la con » avec la même incandescence, et un sourire bien idiot aussi.

Oui, il y a trois ans, tu as bien fait. Tu t'es figé, tu as inspiré un grand coup, puis tu es passé devant le Café Chéri(e) sans détourner ton regard de l'horizon. Tu as bifurqué à gauche pour rejoindre la rue Sainte-Marthe parce que c'est toujours agréable de marcher rue Sainte-Marthe, puis tu as pris la direction de la rue Jean-Pierre-Timbaud pour m'acheter le vinyle d'*At Last !* d'Etta James, que tu avais repéré chez un disquaire. Tu savais très bien que je n'avais pas de platine pour en profiter mais tu pressentais que, dorénavant, j'aurais de nombreuses occasions de l'écouter sur la tienne. *At Last !* Enfin ! Le voile qui assombrissait ton cerveau, ton cœur, ton âme, s'est volatilisé à la vue de ce grain de beauté. En une fraction de seconde, toutes les pièces de ton puzzle mental se sont mises en place. C'était un beau bordel jusqu'alors mais, à ce moment-là, tu as enfin su ce que tu cherchais, tu as enfin su ce que tu voulais, tu avais achevé ton puzzle. L'image qu'il représentait t'a ravi.

Vinyle en main, tes pas se sont dirigés vers les Furieux. Tu avais besoin de te retrouver dans un endroit réconfortant pour profiter à fond de ta lucidité retrouvée. Il n'y avait pas encore grand monde à cette heure inhabituelle pour toi. Tu es entré, tu as salué et tu es allé te poser au fond. Tu as sorti ton téléphone et tu as appuyé sur l'icône Tinder. Longuement. Jusqu'à ce qu'Android te demande : « Voulez-vous désinstaller l'application ? » Tu m'étonnes que tu voulais la désinstaller. Application paradoxale qui t'aura réservé le pire comme le meilleur. Tu ne sais pas si tu dois la remercier ou lui vouer une haine farouche jusqu'à la fin de tes jours. La remercier, plutôt, ce qui n'était pas une raison suffisante pour ne pas la supprimer illico. Tu as cliqué sur « Oui ».

Tu es allé chercher une bière au bar, ainsi qu'un shot de vodka-châtaigne que tu as englouti avant même d'avoir payé. Puis tu es retourné t'asseoir dans ton fauteuil et tu as composé mon numéro.

— Hello, miss…

C'est la première fois que j'entendais le son de ta voix.

Photocomposition Nord Compo

Achevé d'imprimer en février 2021
par CPI BRODARD & TAUPIN (72200 La Flèche)
pour le compte des Éditions Calmann-Lévy
21, rue du Montparnasse, 75006 Paris

PAPIER À BASE DE FIBRES CERTIFIÉES

CALMANN LÉVY s'engage pour l'environnement en réduisant l'empreinte carbone de ses livres. Celle de cet exemplaire est de
750 g éq. CO_2
Rendez-vous sur www.calmann-levy-durable.fr

N° d'éditeur : 4644559/01
N° d'imprimeur : 3041543
Dépôt légal : février 2021
Imprimé en France.